사랑은 여름나무처럼

최양선

그림자 나비

wefic

그림자 나비

최양선

위즈덤하우스

글을 쓰면서 도움받은 책과 영상

《내 여자의 열매》(한강 지음, 문학과지성사, 2018)
《열세 살 여공의 삶》(신순애 지음, 한겨레출판, 2014)
《극한 식물의 세계》(김진옥·소지현 지음, 다른, 2022)
유튜브 채널 '인터브이(InterV)'
'서울 옥탑방, 그리고 대학생: 아현의 집'
(https://youtu.be/FPqhMhbBPZE)

1

양쪽 손바닥을 펼쳐 엄지손가락 두 개를
가위 모양으로 엇갈렸다. 손가락 여덟 개의
관절을 부드럽게 움직이자 천장에 검은
날개의 나비가 날아들었다. 날개를 팔랑이던
검은 나비는 천장 어느 지점에서 벽을 타고
날아오르더니 창살이 드리워진 창문에 안착해
날개를 접었다. 일자로 접힌 날개는 창살에
가려 보이지 않았다.

할머니 집을 에워싸고 있는 검은 나무들이

떠올랐다. 어둠 속의 나무들은 그 자체가 그림자였다. 신산스러운 바람이 부는 날이면 나무들은 제각각 다른 소리를 내며 존재감을 드러냈다.

몸을 일으켜 책상 앞에 앉자 노트북 화면 속 정지된 장면이 눈에 들어왔다. 머리카락을 검게 물들인 노인은 연노랑빛 한복 치마와 갈색 톤의 저고리를 입고 있었다. 칙칙한 피부와 주름진 얼굴은 화사한 빛깔과 충돌하며 생경한 느낌을 주었다. 노인 주변에는 자식들로 보이는 중년의 남녀들이 한데 어울려 음악에 맞춰 춤을 추고 있었다. 카메라 두 대로 촬영한 영상의 총 길이는 10800초. 이 영상을 한 시간 정도로 가편집하는 게 나의 일이다.

며칠 전 선생님에게 메일로 영상을 받은 뒤 물었다. 결혼식과 팔순 잔치 영상은 기록하면서 장례식 영상은 왜 찍지 않는

걸까요. 선생님은 희망이 사라졌기 때문이라고
했다. 백일, 돌, 결혼, 팔순, 이런 날을 기념하는
건 미래에 대한 희망 때문이라면서.

'죽는다는 건 희망이 사라진다는 건가.'

옆에 있던 휴대폰에서 진동이 울렸다.
할머니였다. 전화를 받자 할머니의 고르지
않은 숨소리가 들려왔다.

"진이, 잘 지내나?"

"네."

"방학인데 집에 한번 안 오나."

지난 2월, 서울에 혼자 온 뒤 할머니 집에
가지 못했다. 할머니도 나를 찾지 않았다.
편집할 영상을 떠올리며 다음 주쯤에나
내려갈 수 있다는 말을 전했다.

"그람 그때 보자."

할머니의 전화를 끊고 노트북 화면으로
눈길을 내렸다. 잠시 뒤, 노크 소리가
들려왔다.

"엄마야."

검은색 섀시 문 너머에서 들려온 목소리가 방 안으로 툭 던져졌다. 형광등을 켜고 현관문의 잠금 고리를 풀자 엄마가 급하게 문을 열고 들어왔다.

"자는 줄 알았어."

엄마는 반찬 통을 냉장고 안에 넣으며 말했다.

"이런 식으로 찾아오지 마세요. 미리 연락을 하든가요."

오래전부터 참고만 있던 말을 간신히 내뱉었다.

"엄마가 딸 사는 데도 마음대로 못 오니?"

엄마는 짜증을 내더니 도로 신발을 신었다. 밖으로 나가는 엄마 등에 대고 다음 주에 할머니 집에 갈 것이라고 말했다. 엄마는 어떠한 반응도 없이 문을 닫아버렸다.

2

버스 정류장에 내리자 더위가 쏟아져
내렸다. 햇볕을 피하기 위해 모자를 썼는데
땀 때문에 머리 속이 축축했다. 양쪽 어깨에
멘 백팩과 오른쪽 어깨에 걸친 카메라 가방을
고쳐 메고는 사위를 둘러보았다. 넘실거리는
초록색 논과 밭의 지루한 장면이 이어져
있었다.

나의 기억은 이 길에서 시작되었다. 13년
전 엄마 손을 잡고 할머니 집으로 향하던
그날부터. 그날은 내게 할머니가 있다는 걸
처음 알게 된 날이기도 했다.

추운 겨울이었다. 사방에 흰 눈이 끝도
없이 펼쳐져 있었다. 눈은 세상의 모든 경계를
지웠다. 볼을 덮는 모자를 쓰고 장갑을 끼고
털신을 신었는데도 온몸이 시렸다. 걸어도
걸어도 끝이 날 것 같지 않아 엄마에게 몇

번이고 심통을 부렸다.

할머니 집은 마을에서 꽤 떨어진
숲과 이어진 곳에 홀로 있었다. 온 세상이
하얀색이었기에 남색 대문이 도드라져
보였다. 집 뒤로는 나무들이 겹겹이 쌓인
숲이 이어졌고 나뭇가지 위에는 소복한 눈이
위태롭게 쌓여 있었다.

엄마는 대문을 밀고 마당으로 들어섰다.
부엌에 있던 할머니가 고개를 바깥으로
내밀었다. 쪽 진 머리카락이 눈처럼 하얬던
것으로 기억한다. 작은 체구에 옷을 겹겹이
껴입어서 살이 없던 얼굴이 더 작아 보였다. 그
뒤로 이어진 기억은 할머니가 쪄준 고구마를
먹고 잠이 들었다는 것이다. 꿈인지 현실인지
확실치 않은, 몽롱하고 가물가물한 시간
속에서 엄마 목소리가 들려왔다.

"엄마는 혼자 다른 세계에 있었어요.
언제나 떠나고 싶어 했어요. 아빠랑 내게서

도망가고 싶어 했잖아요. 모르는 줄 알았어요? 아빠도 나도 모르는 척했던 것뿐이에요. 진짜 사라질까 봐 겁이 나서. 엄마가 내 엄마가 아니었다면 이해하고 넘어갔을지도 몰라요. 내 엄마였으니까, 나도 사랑받고 싶었으니까……."

엄마 목소리는 뜨거웠다. 그 뜨거움으로 인해 마음에 화상을 입을 것만 같았다. 본능적으로 눈을 감아버렸다. 얼마 뒤 엄마가 내 이름을 불렀다. 방금 일어난 것처럼 길게 하품을 하며 눈을 떴다. 엄마 눈시울이 젖어 있었다. 촉촉한 눈으로 내 얼굴을 내려다보고 있었다.

"진이야, 이제부터 할머니랑 살아야 해."

이유를 묻자 엄마는 서울에서 돈을 벌어야 하기 때문이라고 했다. 토요일마다 나를 보러 오겠다면서 벽에 걸려 있는 달력을 바닥에 펼쳐놓고는 가방에서 볼펜을 꺼내 숫자를 감싼 동그라미를 그렸다.

할머니 집은 밤이 일찍 찾아왔다. 검은색 크레파스에 힘을 주고 오래오래 칠해야 나오는 색이었다. 할머니 집을 감싸고 있는 숲도 나무도 집도 꽃도 모두 가릴 까만색이었다.

잠자리에 누웠다. 무섭고 두려웠다. 어둠 속에서 할머니 숨소리만 들려왔다. 손을 더듬어 할머니 얼굴을 쓰다듬었다. 볼과 인중과 눈썹을 어루만졌다. 온기가 스민 습한 숨결 때문에 금세 손바닥이 축축해졌다.

"잠이 안 오나."

할머니 목소리가 넌지시 들려와 "네"라고 답했다. 부스럭부스럭 소리가 났다. 빛이 일었다. 등불이었다. 할머니가 손을 움직이자 벽에 그림자가 나타났다.

"잘 봐라."

할머니 손은 꽃과 나비, 새와 강아지를 만들었다. 나도 할머니를 따라 꽃과 나비, 새와 강아지를 만들었다. 귀여운 동물들이 이 방 어딘가에 살아 있을 것만 같았다. 나는 매일 밤 그림자를 만들며 엄마를 기다렸다.

주말이 되었지만 엄마는 오지 않았다. 늦은 밤 전화가 왔다. 엄마는 미안하다고 했다. 나는 울고 싶었지만 꾹 참고는 전화를 끊었다. 할머니는 엄마가 너무 바빠서 오지 못하는 것이라고 했다. 엄마는 혼자고 할머니와 나는 둘이기 때문에 우리가 엄마를 이해해야 한다고 말했다.

며칠 뒤 선물이 도착했다. 가방, 옷, 구두와 색연필, 크레파스, 공책과 인형 등이. 엄마가 보내준 크레파스와 색연필로 엄마가 달력에 그려준 동그라미에 색을 칠했다. 숫자가 검은색에 가려 보이지 않을 때까지.

할머니의 그림자놀이는 겨울 내내 계속되었다. 할머니가 만들어낸 그림자 동물들과 놀다 보면 어느새 나는 잠이 들었다.

눈을 뜨면 햇빛이 창문에 환하게 드리워져 있었다. 뻐끔뻐끔 울어대는 이름을 알 수 없는 새들의 소리가 들려왔다. 할머니의 집과 숨결, 냄새, 집을 감싸고 있는 숲의 풍경에 점점 익숙해졌다.

폐교가 된 지 8년째에 접어든, 내가 다니던 초등학교 앞에 이르렀다. 한때 게스트 하우스로 리모델링을 한다는 소문이 돌았지만 그 소문 역시 어느 순간 사라져버렸다.

어깨에 걸친 가방에서 촬영용 카메라를 꺼냈다. 포개져 있는 뷰파인더를 펼쳤다. 초점을 운동장에 맞추고 시작 버튼을 눌렀다. 담장 너머 학교 건물이 화면에 담겼다. 1초, 2초, 3초……

정지 버튼을 누르고 영상 길이를 확인했다. 180초, 3분이었다. 영상을 되돌려 보았다. 움직임이 없는 학교와 주변 풍경,

공간음이라고는 불어오는 바람과 강한 매미
소리뿐이었다. 그런데도 어딘가에서 시작된
지난 이야기들이 내레이션처럼 들려왔다.

한 교실에서 1학년부터 6학년까지 수업을
받았다. 전교생이 열 명 정도였는데 많은
사람들이 평범하다고 생각하는 엄마 아빠와
아이의 구성을 가진 가족은 일곱 명이었다.
그들은 전부 다문화 가정 아이들이었다.
나처럼 할머니 할아버지와 살고 있는 아이가
두 명이었고 한국인 엄마 아빠를 가진 아이는
한 명뿐이었다.
아이들은 할머니 집에 귀신이 살고
있다면서 귀신의 집에 사는 애는 놀이에
끼워줄 수 없다고 했다. 실제로 아무도 할머니
집에 오지 않았다. 할머니는 집 옆의 텃밭에서
직접 기른 채소를 장에 나가 팔았고 읍에서
제공하는 이런저런 소일거리를 하며 생계를

이어나갔다. 할머니와 내가 먹는 반찬들은 할머니가 직접 가꾼 채소로 만든 것이었다. 시내에 나가 채소를 팔고 온 날엔 고기와 생선을 먹을 수 있었다. 가끔 이장 아저씨가 방문했지만 할머니와 직접 이야기를 나누지는 않았다. 필요한 말을 적어서 대문 사이에 끼워놓았다. 어쩌다 마주쳐서 인사라도 할라치면 종종걸음으로 사라져버렸다.

누구도 숲으로 들어가지 않았다. 마을 사람들에게 숲은 금지된 영역이었다. 그 숲에 들어가면 길을 잃는다고 했다. 숲을 헤매다가 겨우 빠져나온 사람들은 정신을 놓은 채 시간을 견뎌야 했다면서. 수년 전 마을 사람이 숲에 들어갔다가 실종되었다. 실종 신고를 한 지 5년이 지나도 찾지 못해 사망 처리가 되었다. 길을 잃지 않은 사람은 할머니뿐이라고 했다. 할머니 집에 귀신이 머물러 있기 때문에, 할머니에게만 숲의 길을 허락하는 것이라고.

2학년 때였던가. 선생님은 가족사진을 가져오라고 했다. 나의 가족은 엄마였는데 할머니와 살고 있었기에 셋이 함께 찍은 사진을 가져가면 된다고 생각했다. 할머니 장롱에서 앨범을 찾았다. 할머니와 할아버지의 흑백 결혼사진이 있었다. 사진 아래에는 1975년 3월 29일이라는 날짜가 쓰어 있었다. 양복을 입은 할아버지와 긴 원피스와 흡사한 드레스를 입은 할머니는 팔짱을 끼고 있었다. 할아버지는 환하게 웃고 있었지만 할머니 표정은 기묘했다. 웃음 속에 슬픔이 깃들어 있다고 해야 할까. 나는 계속해서 앨범을 넘겼다. 앨범 곳곳이 비어 있었다. 결국, 할머니와 엄마와 셋이 찍은 사진을 찾지 못했다.

준비물을 챙겨 가지 못한다는 생각에 눈물이 날 것 같았다. 울음을 참으며 앨범을 장롱에 넣어두려 들고 일어섰는데 발밑으로 누런 봉투가 떨어졌다. 봉투 속에는 오래된 사진과 편지가 있었지만 가족사진과는 무관한 것들이었다.

사진을 가져가지 못한 나는 아이들에게 놀림거리가 되었다. 귀신의 집에 살고 있는 애 말고도 엄마 아빠가 없는 애라는 꼬리표가 붙었다. 화가 나고 억울했다. 부모님의 존재는 둘째 치고, 우리 집은 귀신의 집이 아니라는 사실만은 증명하고 싶어서 숲으로 걸어 들어갔다.

보통 숲의 색을 초록색이라 하지만 명도와 채도를 고려하면 숲은 수십 가지의 색들로 이루어진 것이나 다름없었다. 나무들은 불규칙한 모습으로 자라났고 사방에서 벌레와 새들의 울음소리가 들려왔다. 쑥과 사과 향을 섞어놓은 듯한 향기가 진동했다. 안쪽으로 들어갈수록 나무들이 촘촘히 자라났고 짙은

그늘이 드리워져 있었다. 마치, 세상의 빛을
나무들이 전부 흡수하기라도 한 것처럼.

　　바로 그 순간, 멈춰 섰다. 바닥에 낯선
그림자가 길게 드리워져 있었기 때문이다.
귀신인가. 정말 숲에 귀신이 있는 건가.
몸이 굳어버린 듯 움직이지 않았다. 바람이
불었고 흔들리는 잎사귀 틈으로 빛이 통과해,
그림자가 지워졌다. 그제야 귀신이 아니라
나무 그림자라는 것을 알았다. 그 나무는 여느
나무들과 모양이 달랐다. 일반적인 나무는
곧은 줄기가 길게 이어지다 위쪽에 가서야
가지가 사방으로 갈라지는데 그 나무는
바닥에 닿은 밑동서부터 두 개의 줄기로
벌어져 자라났다. 중간쯤에서 다양한 굵기의
가지로 뻗어나갔다. 그러니까 이 나무는
사람의 형상을 지녔던 것이다. 귀신은 없었다.
겁쟁이들이 만들어낸, 나를 따돌리려는 구실에
불과했다.

할머니 집으로 돌아가기 위해 왔던 길을 따라 걸어 나갔다. 충분히 걸은 것 같은데도 나는 여전히 숲속에 머물러 있었다. 숲은 스산했다. 온통 잿빛이었다. 그 색에서 벗어나고자 걸음을 빨리했는데도 남색 대문은 나타나지 않았다. 숲은 어둠에 휩싸였다. 나는 숲에 갇힌 것만 같았다. 이대로 사라져버릴까 봐 겁이 났고 가슴이 울컥했다.

'우수수, 우수수' 소리가 들려왔다. 바람에 이파리가 흔들리는 소리였다. 분명 나무들의 소리인데도 그 안에 알아들을 수 있는 목소리가 섞여 있었다. '나에게 오렴. 나의 그늘 속으로.' 봄바람처럼 부드럽고 다정한 음성이었다. 육성은 아니었지만 신기하게도 내 안에서는 그 말들로 이해가 되었다. 몸을 돌려 소리가 들려오는 곳으로 걸어갔다. 얼마 지나지 않아 그 나무와 다시 마주 섰다. 바람이 불었고 나뭇가지와 이파리가 흔들렸다. '나의

그늘 아래로 들어오렴.' 마음에서 해석된
음성을 따라 나무 밑으로 다가섰다. 웅크리고
앉아 얼굴을 무릎에 파묻었다. 불안한 마음이
차츰 잦아들었다.

"진이야."

멀리서 할머니 목소리가 들려왔다. 고개를
들고 사위를 둘러보았다. 빛 한 줄기가 어둠을
뚫고 다가오고 있었다. 할머니였다.

"어쩌다 여기까지 왔노?"

그제야 간신히 내리누르고 있던 울음이
터져 나왔다. 할머니는 옷소매로 눈물범벅이
된 나의 얼굴을 닦아주었다. 쪼그리고 앉아
등을 내주며 업히라고 했다. 할머니 등에
올라탔다. 할머니는 끙 소리를 내며 힘겹게
일어섰다. 떨어지지 않으려 할머니 목에
팔을 둘렀다. 할머니는 양손으로 내 엉덩이를
받치고는 느릿느릿 걸었다. 할머니는 어두운
길을 잘도 찾아갔다. 소문대로 길을 잃지

않았다.

그날 밤에도 할머니는 내게 그림자를
만들어주었다. 할머니 손에서 나오는 나비와
꽃과 새를 보면서 숲에서 만났던 이상한
모양의 나무를 떠올렸다. 나무의 그림자,
나무의 그늘, 나무 아래에서 들었던 목소리를
기억하며 할머니에게 물었다.

"할머니는 왜 숲에서 길을 잃지 않아요?"

"매일 가니까."

"왜 매일 가는데요?"

"나무를 사랑하니까."

숲속에서 만난 나무와 나무의 널따란 잿빛
그늘을 머릿속에 펼쳐보았다.

할머니는 날마다 숲에 갔다. 학교에서
돌아오면 빈집이었다. 불안했다. 할머니마저
나를 떠날까 봐. 대문 앞에 쪼그리고 앉아
할머니를 기다렸다. 할머니는 늦은 오후가
되어서야 숲에서 걸어 나왔다. 얼굴에 환한

미소를 머금은 채. 몸에서는 쌉싸름한 쑥 향과 달콤한 사과 향이 났다. 숲이 궁금했다. 아니, 숲속에 있는 나무가. 할머니가 사랑하는 나무가. 하지만 두려웠다. 또다시 길을 잃을까 봐.

귀신의 집에 살고 있다는 아이들의 놀림은 계속되었다. 이상하게 반박할 수 없었다. 스스로 아이들과 멀어져서 지내야 했다. 외로웠지만 그런대로 견딜 수 있는 날들이었다.

3

남색 페인트 표면은 군데군데 들떠 있었다. 삭아버린 조각들을 손가락으로 긁어내자 분진처럼 공중으로 휘날렸다.

대문을 밀자 녹슨 소리가 귓가를 자극했다. 마당 한가운데 할머니가 서 있었다.

허리를 곧게 펴고 강하게 내리쬐는 햇볕을
받으며. 할머니는 1.5리터들이 물병을 들고
마시기 시작했다. 단 한 번도 쉬지 않았다.
할머니의 마른 몸속으로 들어가는 물을
신기한 눈으로 지켜보았다.

"할머니."

할머니는 입에서 물병을 떼고 내 쪽으로
고개를 돌렸다. 환한 미소를 입가에 머금은 채.

"진이 왔구나."

바람이 불었다. 나뭇가지가 휘청였다.
새들이 푸드덕 날아올랐다. 할머니는 세상이
움직이는 속도보다 현저히 느린 걸음으로
내게 다가왔다. 할머니의 얼굴을 빤히
들여다보았다. 웃음과 울음이 오묘하게 뒤섞인
표정 속에 담긴 감정을 무엇이라고 표현해야
할지 몰랐다.

"얼굴이 왜 이리 상했노? 영화 만드는 게
힘든가 보다."

할머니는 양손으로 나의 양쪽 볼을
어루만졌다. 할머니의 손길이 마른
나뭇가지처럼 둔탁하고 거칠었다.

"잠깐 있어."

할머니가 부엌으로 들어간 사이 마루
한쪽에 백팩과 카메라 가방을 내려놓고
앉았다. 할머니는 유리잔이 놓인 쟁반을 들고
내 곁으로 다가왔다. 밥알이 둥둥 떠 있는
식혜를 내 손에 쥐여주고는 옆에 앉았다.
적당히 달고 시원한 식혜를 쉬지 않고 마셨다.
컵 바닥에 하얀색 밥알이 가라앉았다.

"오느라 힘들지 않았나?"

"차 타고 오는데 힘들긴요."

고개를 가로저은 뒤 시선을 올렸다.
담벼락 너머, 나무들이 켜켜이 쌓여 있는 듯한
숲의 풍경으로.

할머니는 그대로 마루에 누웠다. 양팔을
위쪽으로 곧게 뻗어 올린 채. 할머니 옆에

누웠다. 옆구리가 바닥에 닿게 몸을 옆으로
돌려 할머니 품으로 파고들었다. 할머니
가슴팍과 내 가슴팍이 닿았다. 165센티미터에
57킬로그램인 단단한 몸과 157센티미터에
49킬로그램인 여린 몸이 포개졌다. 숨을
깊게 들이마시며 할머니 살냄새를 맡았다.
숲에서 길을 잃었을 때 맡았던 냄새. 씁쓸하고
달짝지근한 향이 났다. 할머니는 오늘도 숲에
다녀온 것이다. 냄새는 기억을 불러들였다.
그날의 두려움과 편안함이 뒤섞인 감정들이
몸을 휘감았다.

"저녁 차려줄게. 조금만 기다려."

할머니는 일어나 부엌으로 향했다. 신발을
질질 끌며 걸었고 바닥에서는 먼지가 얇게
부유했다. 어딘지 모르게 어색한 걸음걸이와
속도가 이어졌고 할머니의 낯선 움직임은
나를 불안하게 했다.

마루에 올라서서 할머니 방문을 열었다.

나뭇잎 무늬가 선명한 오동나무 장롱과
앉은뱅이책상, 가장자리에 보풀이 인 낡은
노트. 달라진 게 없었다. 그제야 나는 무엇인지
모를 불안에서 벗어날 수 있었다. 방문을
닫고는 반대편 방을 바라보았다.

백팩과 카메라 가방을 들고 내 방으로
들어왔다. 책상과 서랍장, 행거. 서랍장 위의
얇은 여름 이불. 이 방에는 체취가 지워진
사물만 남아 있었다.

창문을 열자 바깥에서 후텁지근한
더위의 냄새가 들어왔다. 서쪽으로 기울기
시작한 빛이 길고 네모난 모양으로 바닥에
드리워졌다. 오랜만에 마주한 유연한
빛이었다. 빛은 과거의 이 시간, 내려앉은
모양 그대로였다. 카메라를 꺼내 지금의
빛을 촬영했다. 1초, 2초, 3초……. 기억들이
드문드문 떠올랐다. 어떤 기억은 품고
싶었지만 어떤 기억은 밀어내고 싶었다.

그 모든 이야기들은 나의 의지와 상관없이
방으로 스며들었다.

4

　중학생이 되면서 시내에 있는 학교로
버스를 타고 다녔다. 할머니 집과는 꽤 거리가
있었다. 구글 지도로 학교와 집의 직선거리를
재면 15킬로미터였다. 15킬로미터는 세
시간은 족히 걸어야 이를 수 있는 거리였다.
하지만 심리적인 15킬로미터는 내게 측정이
불가했다.
　이쪽 세계와 저쪽 세계를 이어주는
공간이라고 해야 할까. 이쪽 세계는 할머니
집을 품고 있는 숲의 세계이고 저쪽 세계는
많은 사람들이 누리고 있는 일상의 세계였다.
내가 지향하고 있던 세계는 할머니와
반대 방향인 저쪽 세계, 현실과 일상의

시공간이었다.

중학생이 되자 엄마는 스마트폰을 보내주었다. 이미 개통된 상태라 바로 사용할 수 있다면서 전화를 하고 싶으면 언제라도 하라고 했지만 단 한 번도 통화를 하지 않았다. 엄마가 용돈과 선물을 보내줄 때마다 문자를 보냈다. '고마워요, 엄마. 잘 쓸게요, 엄마.'

시내는 나름 도시라 불리는 환경을 지니고 있었다. 두 동뿐이지만 10층 높이의 아파트와 카페, 치킨집과 피자집이 있었다. 제법 큰 마트와 은행과 피시방이 있었으며 화장품과 예쁜 옷을 파는 상점도 있었다. 피시방이나 카페에서는 무료로 와이파이를 쓸 수 있었다. 무엇보다 편의점은 수업이 끝나고 부담 없이 머물 수 있는 장소였다. 아이들은 그곳에서 재미없고 쓸데없는 욕설을 섞어가면서 인스턴트 맛을 흡입했다.

할머니 집으로 돌아가기 위해 버스에

올라타면 마음이 가라앉았다. 내 안에 숨어 있던 그늘이 창밖으로 펼쳐졌다. 그 그늘 속에는 내일이 올 것 같지 않은 불길함이 묻어 있었다.

버스에서 내리면 해가 졌다. 어둠 속을 걸어 할머니 집에 이르렀다. 할머니의 세계에서 벗어나기 위해 저녁을 먹자마자 잠이 들었다.

그즈음 보이는 변화와 보이지 않는 변화가 동시에 일어났다. 생리를 시작했고 가슴이 나왔고 160센티미터까지 키가 자랐다. 할머니와 그림자놀이를 하지 않게 되었다. 달라지지 않은 건 초등학교 때 밴 관계의 습관이었다. 중학교 3년 내내 혼자였지만, 나름대로 견딜 수 있는 시간을 보내고 여자고등학교에 들어갔다. 특성화고나 농업고등학교를 가지 않는 한 중학교 때 아이들 그대로 고등학교에서 만났다.

고등학교에 가서는 일주일에 한 번, 책을 읽고
독서록을 내야 했다. 학교 안에 있는 도서실을
처음 가보았다. 분류 번호 000서부터 900까지,
책등을 훑어가며 서가 사이를 걸었다.
400번대에서 발길이 멈추었다. 식물에 대한
책 한 권이 눈에 들어왔다. 돌연변이에 대한
내용은 선명한 기억으로 남아 있다.

지구에서 생명이 처음 생겨난 곳은
바다. 식물의 조상도 바다에서 생겨났다.
그들은 물속에서 광합성을 하는 조류로
그중에서도 녹색의 엽록소를 가지고 있다
해서 녹조류라고 했다. 녹조류는 물속에서만
살던 생물이라 물 밖으로 나오면 말라 죽을
수밖에 없다. 오랜 세월에 걸쳐 물가 환경에서
살아남을 수 있는 돌연변이들이 나타났고
그들이 식물의 가장 원시적인 모습을 하고
있는 이끼식물이라고 했다. 결국 돌연변이로
인해 지금의 세상이 있는 것인지도 몰랐다.

돌연변이는 내부와 외부의 영향으로 발생했다.
그 영향의 인과관계를 설명하기 곤란한
지점이 존재했으며 돌연변이 역시 일종의
진화의 방식이었다.

    2학년 문학 수업 시간에 한 여자가
식물로 변해가는 내용의 소설을 배웠다. 국어
선생님은 소설의 주제가 식물, 나무로 변하는
과정을 통해 우리 사회에 내재되어 있는
동물적 폭력성을 비판적으로 드러낸 것이라고
했다. 식물로 변한 여자는 나의 호기심을
자극했다. 소설 전문이 읽고 싶어 도서실을
찾았다. 그 책은 문학으로 분류되어 800번대
서가에 꽂혀 있었다.

    식물로 변한 여자를 돌연변이라
생각했다. 인간이라는 종이 식물이라는
종으로 변이되기까지 그 여자에게 닥친
외부와 내부의 자극에 대해, 어떠한 힘이
그녀로 하여금 식물의 종까지 닿게 한

것인지 골몰했다. 할머니가 떠올랐다. 할머니

역시 숲이라는 세상과 나무를 사랑하는

사람이었으니까.

　　할머니의 집과 숲과 냄새와 숨결.

할머니의 공간과 시간에서 벗어나고 싶었다.

열망이 커질수록 하루하루가 지루하고

답답했다. 내 안에서 치밀어 오르는 감정들과

힘겨루기를 해야 했다.

　　서울에서 살고 있는 엄마, 엄마는 왜 나를

만나러 오지 않은 것일까. 서울에서 엄마는

무엇을 하며 살고 있을까. 엄마가 있는 서울이

궁금했다. 틈만 나면 서울에 대한 동영상을

찾아보았다. 홍대 상수 강남 이태원……. 밝고

화려했다. 활기차고 아름다웠다. 밤에도 빛이

사라지지 않았다. 서울에 비하면 시내는

도시 축에도 속하지 않았다. 이곳은 모든

것으로부터 뒤처져 있었다. 서울에 가고

싶었다. 서울이라는 데서 살고 싶었다. 스무

살이 되기를 고대했다. 성인이 되면 세상의
제약에서 벗어날 수 있을 테니까.

시내에 있다가 할머니 집으로 돌아가는
길에 자주 그림자들과 만났다. 꽃과 나비와
새는 만들지 않았다. 순진한 어린아이가
아니었으니까. 나는 박쥐와 포효하는 곰과
호랑이와 이름을 알 수 없는 돌연변이로
탄생한 생명체들의 그림자를 만들어냈다.
그럼에도 답답함이 풀리지 않으면 40분 동안
버스를 타고 기차역에 이르렀다. 고속철도가
서지 않는 기차역 주변은 쓸쓸하고 황량했다.
기차가 지날 때마다 휴대폰으로 촬영을 하고
고속으로 편집을 하다 보면 어느새, 내가
상상하는 빛이 가득한 서울에 도달할 수
있었다.

여름방학 동안 시내 요양원에서 봉사
활동을 했다. 할머니 할아버지들의 식사를
돕거나 책을 읽어준다거나, 말벗이 되어주는

일이었다.

노인들이 나누는 이야기를 들으며 3층, 303호에 살고 있는 식물인간에 대해 알게 되었다. 3층은 학생들에게 허락된 공간이 아니었지만 식물인간을 보겠다는 일념으로 333을 중얼거리며 비상계단을 올랐다.

복도는 조용했다. 슬그머니 303호의 문을 열었다. 얕은 어둠이 깔린 병실 안에서 간헐적으로 기계음이 들려왔다. 침대 쪽으로 다가갔다. 기계의 선들은 침대에 누운 식물인간에게 연결되어 있었다. 숨을 죽이고 귀를 기울였다.

식물인간의 숨소리는 희미했다. 그의 모습을 두 눈으로 확인하고 싶어 얼굴을 가까이 가져갔다. 침대에 반듯이 누워 있는 식물인간은 죽은 것 같았다. 죽어 있지만 살아 있는 존재. 어느 순간 그의 얼굴이 나의 얼굴로 치환되면서 심장이 요동치기 시작했다.

303호를 빠져나와서 비상계단을 밟아 2층에 이르렀다. 느릿느릿 움직이고 있는 노인들이 눈에 들어왔다. 곧장 건물 밖으로 뛰쳐나왔다. 주위를 살피지 않고 달렸다. 달릴수록 주위의 지루한 풍경이 뒤쪽으로 물러나며 뭉개졌다. 숨이 턱 끝까지 차오른 뒤에야 달리기를 멈추었다. 허벅지를 양손으로 잡은 채, 숨을 골랐다. 목구멍에서 피 맛이 올라왔다.

유난히 바람이 세게 불었다. 머리 위에서 바람 소리가 거칠게 펄럭였다. 고개를 들자, 현수막이 눈에 들어왔다. 현수막에 쓰여 있는 글자를 읽었다. 군에서 지원해주는 영화 만들기 프로그램 참가자를 모집한다는 공고였다.

2학기가 되자 영화 만들기 수업이 시작되었다. 키가 작고 하얀 얼굴의 여자 선생님은 주로 다큐멘터리를 만드는 감독이었다. 서울에 살고 있어서 일주일에 한 번 수업이 있는 날 이곳에 내려왔다. 이론과 영화 역사, 촬영 구도 등의 수업이 이어졌다. 선생님은 수업을 하면서 감독, 연출이라는 단어를 사용했다. 그 단어가 좋았다. 내 삶을 스스로 만들고 결정할 수 있는 자격이 주어진 느낌이었기 때문에.

수업을 마치고 할머니 집으로 돌아가는 버스에서 들뜬 감정에 사로잡혔다. 그 무렵 나는 아침을 기다렸다. 할머니 세계에서 벗어나기 위해서가 아니라, 내일이 기대되기 때문이었다.

선생님은 다큐멘터리나 뮤직비디오, 극영화 중에서 선택하기를 바랐다. 또 영화를 만들기 위해서는 팀을 짜야 했다. 시나리오를 작성하고 연출을 하는 감독, 촬영을 하는 촬영감독, 편집 담당, 연기자까지. 수업에 적극적으로 나서는 아이들은 거의 없었다.

그런데도 친한 아이들끼리 팀 구성은
이루어졌고 나는 혼자 남았다. 선생님은
난감한 표정을 지었다. 혼자 해도 상관없다고
말하자 선생님은 본인이 도와줄 것이라고
했다.

　　선생님은 나의 경험을 바탕으로 영화를
만들어보면 좋겠다고 했다. 나의 경험은 별
볼 일이 없었다. 내 주변은 할머니와 집을
둘러싸고 있는 정지한 듯한 숲뿐이었으니까.
그것들이 이야기가 될 수 있을지 의문이었다.
선생님은 내가 학교에서 가장 멀리 떨어진
곳에 살고 있다는 것을 알고는 그 길에 대해
물었다. 그 순간 할머니의 세계와 나의 세계의
경계, 그 사이에서 만난 그림자들이 떠올랐다.
선생님은 그 이야기를 듣고는 그 길을
영상으로 담아보면 어떻겠느냐고 물었고 나는
고개를 끄덕였다. 제목을 〈그림자〉로 하고
간단히 구성을 정리했다.

학교에서는 사람 그림자로 시작된다. 할머니의 세계로 향할수록 나의 그림자는 바뀐다. 어린 시절 나의 두려움을 무마해주었던, 나비와 꽃과 강아지와 토끼 등의 그림자를 손으로 만들어보았다. 두 팔을 활짝 펼쳐 새가 되어보기도 하고 다리까지 이용해 포효하는 짐승이 되기도 했다. 마지막에는 무엇이라고 명명할 수 없는 생명체를 탄생시켰다. 머리에서 뿔이, 엉덩이에서는 사나운 꼬리가 자라났다. 그것은 나의 외부와 내면의 자극에서 오는 돌연변이의 그림자였다. 나는 그림자를 최대한 크게 만들기 위해 서쪽으로 기우는 태양을 등지고 서 있어보았다.

11월이 되면서 가정용 캠코더로 촬영에 들어갔다. 내게 카메라는 움직이는 세상과 살아 있는 시간을 담을 수 있는, 생소하지만 짜릿한 사물이었다.

촬영을 마친 선생님은 내게 편집을 권했다. 선생님에게 편집에 대한 노하우를 물었다. 선생님은 지키고 싶은 것을 남기면 된다고 했다.

내 영화에서는 길 위에 그림자들의 세계가 펼쳐졌다. 식물에서 곤충 양서류 파충류 포유류로 진화를 해나가는 그림자. 마지막에는 변이된 생명체로 완성되었다. 마지막 장면에는 할머니 집 마당에서 사나운 뿔과 꼬리가 달린 생명체의 그림자가 길게 드리워져 있었다.

8분짜리 영상이었다. 영상이 끝난 뒤 엔딩 크레디트의 출연과 연출 편집에 내 이름이, 촬영에는 선생님 이름이 올라갔다. 영화가 완성된 날 선생님은 내게 중고 노트북과 휴대용 빔프로젝터를 선물해준다며 할머니 집을 방문했다.

선생님은 할머니 집에 처음으로 온 손님이었다. 할머니는 선생님을 위해 저녁

밥상을 차렸다. 고기가 들어간 미역국과 생선구이, 불고기도 있었다. 할머니는 선생님을 극진히 대했고 영화를 만든 나를 대견해했다. 식사를 마친 선생님은 할머니에게 연신 고맙다고 말했고 할머니는 쑥스러운 듯 방으로 들어갔다. 마루에는 선생님과 나만 남았다. 선생님은 내게 꿈이 무엇이냐고 물었다. 나는 서울에 가는 것이라고 했다.

"서울에 있는 대학에 가면 되겠네."

선생님에게 대학에 가려면 무엇을 어떻게 해야 하는지에 대해 물었다.

"일단 성적이 좋아야겠지. 수행평가도 잘하고, 영화 쪽 공부를 하고 싶으면 관련 책들도 읽고……."

그날 밤 할머니는 내가 만든 영화를 보고 싶어 했다. 부끄러웠지만 한편으로는 그림자를 보여주고 싶었다. 할머니와 나는 방 가운데 앉아 영상을 보았다. 한쪽 벽에 나의

그림자들이 펼쳐졌다. 반대편 벽에는 할머니의
그림자가 드리워져 있었다. 영화가 끝날 무렵
고개를 돌려 할머니의 그림자를 보았다. 한
그루의 나무가 떠올랐다. 숲에서 길을 잃었을
때 보았던 나무의 그림자가. 할머니는 몸을
돌렸다. 빔에서 나온 빛이 할머니 몸에 닿았다.
그 순간 영화 속 나의 돌연변이 그림자와
할머니의 그림자가 포개졌다. 마치, 할머니의
그늘 속으로 들어간 것처럼.

5

어느새 빛의 모양이 사라졌다. 해가
완전히 서쪽으로 기울었다는 뜻이다. 할머니가
궁금했다. 방문을 열고 마루로 나왔다. 공기가
서늘했다. 마당에는 주홍빛 기운이 감돌았다.
슬리퍼를 꿰어 신고 부엌으로 향했다.
할머니는 백자 단지에서 무엇인가를 꺼내 입

안에 넣었다. '오도독오도독' 씹는 소리가 내
귀에까지 들려왔다.

기척을 느꼈는지 할머니는 내 쪽으로
고개를 돌렸다. 감정이 사라진 텅 빈 눈으로
나를 보고 있었다.

"밥은 다 됐어. 차리기만 하면 돼."

나는 냉장고를 열었다. 여러 가지 반찬
통이 꽉 들어차 있었다. 반찬 통에서 김치와
콩나물을 덜어내 접시에 담아 상 위에 놓았다.
할머니는 느리고 어색한 몸짓으로 밥과
된장국과 생선구이를 올려놓았다. 밥공기는
하나였다. 할머니 몫은 없었다. 할머니는 밥
대신 물을 마셨다.

식사를 마치고 설거지를 하는 동안 싱크대
앞에 있는 부엌 창문이 새까매졌다. 검은
창문에 할머니가 비쳤다. 할머니는 나를 보고
있었다.

"오늘은 할머니 방에서 잘까?"

유리창 속 할머니를 보며 물었다.

"그라든지."

방으로 들어와 이부자리를 폈다.
할머니는 내 뒤에서 몸을 보여주지 않고 옷을
갈아입었다. 묶은 머리카락을 푼 할머니가
내 곁으로 다가왔다. 하얗게 센 머리카락이
할머니 등을 덮고 있었다. 할머니는 펴놓은
이부자리 위에 곧게 누웠다. 열어놓은
창문에서 풀벌레 소리가 들려왔다. 사람의
목소리가 다르듯이 벌레들의 울음소리도
제각각이었다. 각자 다른 소리를 내는 것일
텐데도 조화로웠다.

할머니와 나는 나란히 누웠다. 짙고 깊은
어둠이 방에 차올랐다. 손을 더듬어 할머니의
숨을 찾았다. 손바닥에 닿은 숨결이 맑고
청량했다. 그 바람을 잡고 싶다는 열망으로,

달걀 하나를 쥔 듯한 공간을 남겨둔 채 손가락을 오므렸다. 할머니는 잠들어 있었다. 잠든 할머니의 얼굴을 가만히 내려다보았다. 요양원에서 보았던 식물인간이 떠올랐다. 죽음의 고요함에 맞닥뜨렸던 오래전 그 순간이. 불안한 듯 가슴이 두근거렸다.

할머니 방에서 나와 마루를 빠르게 가로질러 나의 방으로 들어와버렸다. 구석에 웅크리고 앉았다. 불안한 마음을 지우기 위해 가장 행복했던 기억을 끌어 올려야만 했다.

6

수시로 서울에 있는 2년제 대학의 영상과에 합격했다. 알아주는 대학은 아니었지만 이곳에서 벗어날 수만 있다면, 서울에 갈 수만 있다면, 그곳이 어디든 중요하지 않았다. 엄마에게 가장 먼저 알리고

싶어 휴대폰을 오랫동안 내려다보았다. 늘
엄마에게 다가가기 위해서는 용기가 필요했다.
용기를 끌어 올리는 와중에도 마음이
흔들렸다. 결국, 이번에도 전화를 걸지 못했다.
대신 선생님에게 연락을 했다. 선생님은 나의
대학 합격 소식에 다소 놀란 듯했다. 선생님은,
나에 대해, 애초에 아무런 기대가 없었는지도
몰랐다. 서운하지 않았다. 어쨌든 서울에 가게
되었으니까. 선생님은 서울에 오면 소식을
달라고 했다. 맛있는 밥을 사주겠다면서. 나는
알겠다고 말하고는 전화를 끊었다.

구글 지도를 열었다. 할머니의 집과
서울과의 직선거리를 재보았다. 176킬로미터.
176이라는 숫자가 무척이나 멀게 느껴졌다.
이곳을 벗어나고 싶었는데 막상 떠난다고
생각하니 마음이 무거워졌다. 마음이
할머니에게로 향할 때마다 내가 원하는
것들에 대해 생각하며 멀어지려 노력했다.

시내에서 아르바이트를 했다. 편의점, 마트, 카페, 배달 알바까지. 새 노트북을 갖고 싶었고 할머니에게 휴대폰을 선물하고 싶었다. 내가 없는 동안 영상을 찍는 소소한 일거리를 주고 싶었다. 첫차를 타고 시내로 나와 막차를 타고 할머니 집으로 돌아갔다. 버스 안에서 보는 창밖은 온통 검은색이었다. 전화가 걸려 왔다. 엄마였다. 엄마는 나의 대학 합격 소식을 알고 있었으며 할머니에게 전해 들은 것을 못내 서운해했다.

"서울에 올라오면 같이 살면 좋은데 지금은 원룸에 살고 있어서 그럴 형편이 못 돼. 계약 기간이 1년 남았으니 내후년에는 같이 살 수 있을 거야. 대신 방을 구할 보증금만큼은 어떻게 해서든지 마련해줄 거야. 방을 구하려면 서울에 한번 올라와야 하는데 언제가 좋겠니?"

아르바이트 때문에 2월에나 시간이

된다고 말하자 엄마는 순순히 알겠다고
했다. 전화를 끊고 엄마 이야기를 복기했다.
실망감이 들었다. 실망은 기대에서 비롯되는
감정이었다. 엄마에게 무엇을 기대했던 걸까.

　　할머니와 헤어지는 날이 가까워질수록
못내 허전함이 밀려들었다. 서울에 올라가기
하루 전날 할머니와 시내에 있는 휴대폰
가게에 들렀다. 휴대폰을 바꿔주겠다는 내게
할머니는 한사코 괜찮다고 했지만 휴대폰이
있으면 영상을 찍을 수 있다고 하자, 할머니는
은근한 미소를 지었다.

　　다음 날 할머니에게 사진과 동영상을 찍는
순서와 영상을 카톡으로 보내는 방법을 먼저
알려주었다. 틈틈이 영상을 찍어서 보내달라고
했다. 할머니가 하고 싶은 이야기를 편하게
말로 하면 목소리까지 녹음이 된다고 몇
번이고 말했다. 열 번을 반복한 끝에 할머니는
깨우쳤다. 그런데도 혹시 몰라 종이에 순서를

적어 할머니 가방에 넣어두었다.

할머니와 기차역까지 함께 왔다. 역사
안으로 들어가는 나를 향해 할머니는
계속해서 손을 흔들었다. 어린아이를 혼자
두고 가는 것처럼 불안한 마음이 가시지
않았다. 기차를 타고 나서 할머니에게 전화를
걸었다. 할머니는 사람 많은 곳에서 이야기를
하는 것은 실례라며 내게 아무 말 하지
않아도 된다고, 숨소리만 들어도 좋다고 했다.
나는 눈을 감았다. 할머니의 숨소리를 듣기
위해서. 저절로 할머니의 집과 집을 둘러싼
숲과 할머니가 사랑하는 나무가 떠올랐다.
어딘가에서 나비 한 마리가 팔랑팔랑 가벼운
날갯짓을 하며 날아들 것만 같았다. 잠시 뒤,
할머니 목소리가 들려왔다.

"서울에 가서 엄마를 만나면 다정하게
대해주렴. 엄마를 미워하거나 원망하지 마라."

머뭇거리며 말하는 할머니의 낮은 음성이

애잔했다. 나는 이런 마음을 들키고 싶지 않아
일부러 담담한 척, 알겠다고 했다.

　엄마는 서울의 끄트머리에 있는
D역에서 나를 기다리고 있었다. 서울역에서
지하철을 탔다. 서울은 낯설었고 지하철은
혼란스러웠다. 환승을 할 때가 가장 난감했다.
처음에는 지상으로 올라와 다른 호선의
입구를 찾아 들어갔다. 나중에서야 지하로도
환승이 가능하다는 것을 알았다.
　약속 시간이 지나서 엄마를 만났다.
엄마가 있는 서울은 내가 동경한 서울과는
달랐다. 서울의 모든 건물은 높고 화려한
줄 알았는데 엄마가 있는 곳의 건물은 낮고
볼품없었다.
　엄마는 청소 업체명이 적힌 점퍼를
입고 있었고 몸에서는 락스 냄새가 났다.
엄마 얼굴에는 기미와 주름이 늘어 있었다.

파운데이션을 발랐음에도 거무스름한
무늬를 가릴 수는 없었다. 엄마는 한참 동안
나를 바라보았다. 낯선 것을 마주했을 때의
당황스러움과 반가움이 섞인 눈빛으로.

"정말 많이 컸구나. 우리 딸……."

내가 자란 만큼 엄마도 나이가
들어버렸다는 것을 엄마도 알고 있는지
궁금했지만 묻지 않았다.

"끝나려면 한 시간 정도 남았어. 요 앞
카페에 있을래?"

카페에서 아이스 아메리카노를 마시며
엄마를 기다렸다. 한 시간 뒤 엄마는 카페
안으로 들어왔다. 점퍼를 벗었는데도 락스
냄새는 지워지지 않았다.

우리는 카페에서 나왔다. 엄마는 내 짐을
받아 들고는 앞서 걸었고 나는 조용히 엄마를
따랐다. 엄마는 서울살이가 녹록지 않다고
했다. 그리고 지금은 원룸에 살고 있지만 계약

기간이 끝나면 함께 살자고, 전화로 들었던 이야기를 반복했다. 듣는 내내 지루했지만 엄마에게 다정하게 대하라는 할머니의 말을 떠올리며 가만히 있었다.

엄마와 나는 자취방을 구하러 다녔다. 학교 인근에 있는 방은 보증금 월세가 비쌌다. 어쩔 수 없이 학교와 멀어져야 했다. 서울 끝자락에 있는 동네에서 반지하 방을 얻었다. 대학 등록금은 국가 장학금으로 많은 부분 지원을 받을 수 있었지만 월세와 생활비는 내 힘으로 마련해야 했다. 등록금을 지원받기 위해서는 가난을 인정하고 증명해야 한다. 알 수 없는 부끄러움과 다행이라는 안도, 이중적인 감정이 스며들었다. 서울에 와서 깨닫게 된 것은 생존 앞에서는 어떠한 모멸도 견뎌야 한다는 것이었다.

내가 지내게 될 좁은 방에는 두 칸짜리 싱크대가 있었다. 가스레인지와 설거지를 할

수 있는 개수대가 갖춰진 싱크대. 화장실 겸 욕실은 밖으로 나와 한 층 올라가 사용해야 했다. 세탁실은 없었지만 빨래는 인근 편의점에 있는 코인 세탁기를 이용하면 되었다. 앉은뱅이책상과 세 칸짜리 서랍장, 행거, 이불과 요, 베개, 냄비 두 개와 프라이팬, 그릇 하나, 접시 두 개, 숟가락 두 벌과 컵 두 개를 장만했다. 그것들은 모두 다이소에서 엄마가 마련해주었다.

엄마는 청소라면 자신이 있다면서 세제를 풀어 집 안 구석구석을 닦고 또 닦았다. 늦은 점심으로 짜장면을 배달시켰다. 짜장면과 락스 냄새가 오묘하게 섞인 방에서 우리는 말없이 식사를 했다.

"네가 아주 대견해. 스스로 노력해서 서울에 올라온 네가. 그런데 어쩌면 한 번도 전화를 안 하니?"

엄마는 들뜬 목소리로 물었다.

"엄마가 나를 보러 오지 않은 거랑 별반
다르지 않은 것 같은데요."

나는 단조로운 목소리로 답했다.
조금이라도 감정을 실으면 걷잡을 수 없을
것 같았기 때문이다. 내 안에 꼭꼭 숨겨둔
돌연변이 생명체가 튀어나와 엄마를 공격할
수도 있었기 때문이다. 엄마는 그 존재에 대해
알고 있는 것처럼 잠자코 있었다.

투명 인간처럼 내내 조용하던 엄마는
내 손을 어루만졌다. 엄마 손이, 생각보다
부드럽고 따뜻해서 조금 놀랐다.

"도움이 필요하다면 언제든 연락해."

엄마는 어색한 미소를 지었다.

엄마에게 어째서 할머니에 대해 묻지
않느냐고 물었다. 엄마는 할머니라는 말을
듣자마자 일어나 싱크대 앞에 서서 쓸데없이
물을 낭비하면서까지 그릇을 씻고 또
씻었다. 달그락달그락 소리를 들으며 어린

시절, 엄마가 할머니에게 쏟아낸 이야기를 떠올렸다. 어쩌면 할머니는 아주 오래전부터 숲에 다녔는지 모른다. 나무를 사랑했는지도 모른다. 엄마 역시 그 사실을 알고 있는지 몰랐다. 할머니와 엄마, 나와 엄마, 우리가 서로에게 등을 돌리고 외로워하고 있는 이유가 그 때문인지 모른다고, 희미하게 짐작했을 뿐이다.

설거지를 마친 엄마는 내게 집 주소를 주면서 언제든 편하게 오라고 말했다. 반지하 방에서 마을버스로 다섯 정거장 떨어진 곳에 있다면서.

엄마가 돌아간 뒤 구글 지도를 펼치고 엄마의 집과 이 집의 직선거리를 재보았다. 6킬로미터. 한 시간 정도 걸으면 도달할 수 있는 곳에 엄마가 있었다. 그런데도 엄마는 아주 멀리 있는 것만 같았다. 할머니가 있는 176킬로미터보다 더 먼 곳에.

바닥에 누웠다. 땅속으로 가라앉는 기분이 들었다. 그 감정에서 벗어나고 싶어 밖으로 나와 무작정 걸었다. 골목을 벗어나 휘황찬란한 빛이 살아 있는 거리를 향해 나아갔다. 그 길에서 나의 그림자를 찾았다. 서울에 왔으니, 돌연변이 그림자가 달라지지 않았을까. 하지만 그림자를 만나는 건 어려웠다. 빛 때문이었다. 서울에는 빛이 넘쳐났다. 빛은 그림자를 가리고 그림자를 볼 수 없게 했다. 새로운 결심을 다졌다. 모든 것을, 제대로 시작해보자고. 결심은 기쁨과 설렘을 주었다. 그 감정이 사라지기 전에 집에 도착하고 싶어 달렸다.

잠을 자기 위해 누웠는데 갑자기 할머니가 떠올랐다. 내가 없는 집에서 혼자 있을 할머니, 아무도 찾지 않는 집에서 홀로 있을 할머니 생각에 눈물이 났다. 할머니에게 전화를 걸고 싶었지만 참았다. 약한 모습을 보이고 싶지 않았다.

     평일의 편의점 알바는 빼놓을 수
없는 나의 루틴이 되었다. 집 근처에 있는
편의점에서 저녁 6시부터 자정까지 알바를
했다. 방학 때는 물류 센터에서 돈을 벌 계획도
세워놓았다.

     엄마는 가끔 반찬을 만들어 집에
찾아왔는데 반찬은 냉장고에서 머물다가
버려지기 일쑤였다. 끼니는 주로 편의점에서
컵라면과 유통기한이 하루 남은 삼각김밥으로
해결했다.

     3월이 되고 학교에 다니면서 서울이라는
공간과 시간을 이해하고 해석하는 데
에너지를 쏟았다. 원하든 원하지 않든
과 학생들을 비롯한 사람들과의 관계를
지속해야 했는데 종종 버거웠다. 무엇보다
정상적인 가정에서 자란 아이들과의 소통이

어려웠다. 그 아이들의 입에서 자연스럽게
흘러나오는 엄마 아빠라는 단어에, 3~4인
가족들의 평범한 일상에 녹아들 수가 없었다.
어릴 때부터 다양한 경험을 쌓은 아이들의
상상력을 따라가기가 벅찼다. 일을 하느라
아이들과 시간을 공유할 수도 없어, 경험
쌓기도 감정 교류도 더딘 날들이 이어졌다.

　　동기들, 선배들과의 협업을 위해 스타벅스
카페에 가야 하는 날에는 일부러 일찍 가서
좋은 자리를 차지한 뒤 커피 한 잔으로 모임이
끝날 때까지 버텼다. 아이들은 노트북과
아이패드를 이용해서 메모와 정리를 했다.
모임 동안 커피를 몇 잔씩 마시고 샌드위치나
케이크를 먹는 아이들과 함께 있다 보면
저 아이들은 월세를 내지 않아도 되겠지,
등록금도 부모님이 내주겠지, 알바를 하지
않아도 되겠지, 그런 생각만 머릿속에서
맴돌았다. 잠시, 숨을 돌렸을 뿐인데도

아이들은 따라갈 수 없는 속도로 달려나갔다.
나는 물과 섞이지 못하는 기름처럼 진득하고
투명한 존재가 되어 세상 어딘가에 둥둥 떠
있어야 했다.

그럼에도 포기할 수 없는 것은 나만의
카메라를 갖고 싶은 마음이었다. 주말에도
아르바이트를 했다. 길을 잃은 듯 두려움이
깃들 때가 있어도 그 감정을 극복해야 했다.
카메라를 얻기 위해서.

카메라를 구입한 날을 잊을 수 없다.
묵직한 사물을 매일 들고 다녔다. 초점과
거리감을 동시에 조절하기 위해 손에서
카메라를 놓지 않았다. 카메라가 내 손과
눈에 자연스러워질수록 새로운 감각을 느낄
수 있는 몸의 일부가 생긴 것만 같았다. 길이
이어진 곳을 다니며 촬영을 했다. 그날도
카메라를 들고 동네를 걸었다. 행정복지센터
인근은 재개발을 앞두고 있어 텅 빈 집과

가게들이 즐비했다. 행정복지센터 2층에는
작은 도서관이 있었다.

도서관의 크기와 모양은 고등학교
도서실을 연상시켰다. 서가는 양쪽 벽에
붙어 있었고 중앙에는 커다란 테이블이 놓여
있었다. 창가에 붙어 있는 긴 테이블에는
콘센트가 일정한 간격으로 놓여 있었다. 그날
이후 틈나는 대로 작은 도서관을 찾았다.
이주한 사람들이 많아서인지 도서관을 찾는
이들은 거의 없었다. 구석 자리에 앉았다.
맞은편에는 가로 40센티미터에 세로
60센티미터 정도의 창문이 있었다. 창에는
먼지가 묻어 있어 안에서 본 바깥 풍경은
안개에 가려진 듯 뿌옇게 보였다. 창문 너머에
나무가 있었다. 나무 너머로는 붉은 벽돌의
빌라가 양쪽으로 길게 이어져 있었고 빌라와
빌라 사이의 공간은 1미터가 채 되지 않았다.

카메라를 꺼냈다. 빨간색 레코드 버튼을

누른 후 창문 너머를 촬영했다. 카메라는 30장 곱하기 10초, 300여 장의 연속된 사진과 10초 동안 마이크에 들어온 소리가 저장되었다. 촬영을 기록한 하나의 숏, 하나의 컷을 담은 것이다. 그 한 컷을 되돌렸다.

뷰파인더 속에서 나뭇잎들이 흔들리고 있었다. 하나의 뿌리에서 뻗어 나온 수십, 수백 개의 가지, 그 가지에 붙어 자라나는 셀 수 없이 많은 이파리들. 바람이 닿지 않은 이파리들은 흔들리지 않았다. 자극이 없는 존재는 휘청일 이유가 없다.

이곳에서는 세상의 자극을 덜 받을 수 있었다. 안정감을 느끼며 이 공간에 익숙해졌다. 하지만 2개월뿐이었다. 재개발이 본격적으로 시작되면서 행정복지센터와 도서관은 이주를 했고 골목 입구에는 펜스가 높게 세워졌다. 곳곳에 '도로 폐쇄 안내'라는 노란색 현수막이 걸려 있었다.

펜스 앞에 서서 그 높이를 가늠해보았다.
도저히 넘을 수 없는 높고 단단한 벽 앞에서
막막함을 느꼈다. 겨우 마음 둘 곳을 찾았다고
생각했는데 서울에서 그런 곳들은 쓸모없는
공간이 되어 새로운 장소로 탈바꿈했다.
달라진 세계로 들어가기에는 나의 조건이
몹시 초라했다.

　　학교 수업과 아르바이트가 없는 날에는
하루 종일 반지하 방에 머물렀다. 바닥에
누워 천장을 바라보며 내가 꿈꾸던 일상을
그럴듯하게 편집해보았다. 미래의 시간을
당겨 와서 현재의 시간으로 되돌리는 것이다.
이것을 희망이라고 부를 테지…… 하지만
나를 우울하게 한 것은 오늘보다 내일이었다.
모레였다. 고통은 지금보다 한발 앞선 미래에
있었다. 그때마다 나의 그림자를 살폈다.
어딘지 모르게 뿔은 더 길고 뾰족하게 자란
듯했고, 꼬리 역시 두꺼워지고 길어졌다. 나는

강한 빛을 찾아 나섰다. 그림자를 볼 수 없는
곳으로.

　기말고사를 앞둔 어느 날, 선생님으로부터
연락이 왔다. 밥을 사주겠다는 선생님의 말을
기억하고 있었지만 먼저 전화하지 않았다.
밥을 얻어먹는 아이가 되고 싶지 않았으니까.

　다음 날, 선생님은 학교 인근으로 날
만나러 왔다. 선생님은 그대로였다. 그때
입었던 체크무늬 셔츠와 어깨를 덮은 긴
머리카락도. 선생님은 그림자만 나오는 나의
영화도 기억하고 있었다.

　우리는 근처 파스타 가게로 들어갔다.
선생님은 토마토 파스타를 나는 크림
파스타를 주문했다. 선생님은 내게 결혼식이나
회갑연 등의 영상 편집 아르바이트를
해보지 않겠느냐고 물었다. 촬영은 자신이
할 것이라고 했다. 선생님이 영상 파일을
주면 가편집만 하면 된다고 했다. 겨우 대학

1학년밖에 되지 않았는데 어떻게 그런 일을 할 수 있겠느냐고 묻자 선생님은 샘플 영상을 줄 테니, 비슷한 형식으로 만들면 된다고 했다.

기분이 좋아 파스타를 남기지 않고 먹었다. 편의점이나 물류 센터 알바가 아닌, 영상과 관련된 일을 할 수 있다는 데 자부심 같은 것이 느껴졌다.

❖

문득 팔순 잔치 편집 영상이 떠올랐다. 사용된 시간은 60분. 버려진 시간은 120분. 노트북을 펼쳐 버려진 영상을 모두 이어 붙여보았다. 시간과 공간을 무시한 맥락 없는 서사가 이어졌다. 인상을 쓰고 짜증을 내는 가족들의 모습, 다투거나 언성을 높이는 사람들…… 그들의 모습을 텅 빈 눈으로 보고 있는 노인. 진실은 버려진 시간에 있을지도

모른다는 생각이 들었다. 우리가 보는 것은
수면 위에 떠 있는 조각일 뿐 가라앉아 있는
저마다의 세계에 대해서는 알 수 없을 테니까.

노트북을 닫고 마루의 어둠을 가로질러
할머니 방으로 돌아왔다. 빠져나왔던 이불
속으로 몸을 집어넣으려는데, 허전했다.
할머니의 숨소리가 들리지 않았다. 할머니를
찾아 손을 더듬거렸지만 아무것도 잡히지
않았다.

불을 켰다. 할머니가 덮었던 이불만
번데기의 허물처럼 구겨져 있었다.

7

온 집 안을 샅샅이 살폈지만 할머니는
없었다. 밤의 서늘한 공기가 살갗에 닿아
오소소 소름이 돋았다. 하늘을 쳐다보았다.
달이 보이지 않았다. 차가운 팔을 연신

쓰다듬으며 할머니를 불러보았다. 바람 실은 밤공기에 묻힌 내 목소리는 허공으로 흩어져 사라져버렸다. 불안했다. 이 밤에 할머니는 어디를 간 것일까.

'휴대폰!'

방으로 뛰어 들어와 할머니에게 전화를 걸었다. 벨 소리는 이불 밑에서 들려왔다. 전화를 끊고는 할머니의 휴대폰을 확인했다. 그 안에 여러 개의 동영상이 있었다. 할머니가 찍은 영상들이었다. 영상의 길이는 일정하지 않았다. 길어야 1분, 30초, 10초, 20초……. 하나의 영상을 클릭했다. 풀숲을 걷고 있는 할머니의 발이 보였다가 불현듯 초점이 파란 하늘로 옮겨졌다. 다른 영상을 클릭했다. 어둠 속에서 바람 소리, 물이 흐르는 소리, 음역대가 다른 새소리와 벌레 소리가 들려왔다.

가장 최근 영상을 불러들였다. 초점은 할머니의 두 발에 닿아 있었다. 할머니는

군데군데 돌들이 흩어진, 풀들이 자라는
길을 걷고 있었다. 거친 숨소리가 들려오면서
걷는 속도가 느려졌다. 할머니는 멈춰 섰다.
화면에 할머니의 손이 나타났다. 손은 이파리가
무성한 나뭇가지를 훑고 지났다. 붉은색 열매가
눈에 들어왔다. 환하게 웃는 할머니 얼굴이
클로즈업되었다. 나무, 할머니가 사랑하는
나무라는 것을 단박에 알았다.

대문을 열고 밖으로 나와 검은 숲을
바라보았다. 지금 할머니가 있는 곳이
어디인지 알고 있음에도 한 발자국도 나아갈
수 없었다. 어릴 때 대문 앞에 쪼그리고 앉아
할머니를 기다릴 때처럼 마음의 갈피를 잡을
수 없었다. 잠시 뒤, 조심스러운 발소리가
들려왔다.

머리카락을 풀어헤친 할머니가 다가오고
있었다. 할머니의 등장과 동시에 구름이
걷히고 달빛이 발했다. 바람이 불었고

할머니 머리카락은 중력을 거슬러 자라나는
나뭇가지처럼 솟구쳐 휘날리다가 어깨와 등을
따라 내려앉았다. 할머니는 손으로 머리카락을
정돈한 뒤 하나로 묶었다. 할머니가 낯설어
다가설 수 없었다.

"이 밤에 어디…… 다녀오세요?"

"숲에. 열매를 가지러."

"열매라고요?"

그러고 보니 할머니는 가방을 메고
있었다.

할머니에게서 익숙한 향기가 났다.
내 몸이 기억하고 있는 쑥 향과 사과 향이
오묘하게 섞인 냄새가.

8

밖에서 부스럭거리는 소리가 들려왔다.
문을 열었다. 할머니는 마루에 아침상을

내려놓았다. 상 위에는 밥과 시래기 된장국,
계란 부침과 김치가 있었다. 오늘도 할머니
몫은 없었다.

"어서 먹어."

밥을 한 숟가락 떠 입 안에 넣고는
오랫동안 꼭꼭 씹었다. 목이 메어 밥이
넘어가지 않았다. 국을 여러 번 떠먹어 겨우
삼켰다. 어젯밤 일이 선명하게 떠올랐다. 꿈이
아니었다. 나는 할머니를 보았다. 할머니도
나를 보고 있었다.

"밥 다 먹으면 시내에 가자."

버스를 타고 시내에 이르렀다. 서울에서
겨우 5개월을 살았을 뿐인데 시내는 조용한
듯 무료했다. 복닥거리는 편의점으로 눈길을
돌렸다. 오갈 곳이 마땅치 않은 아이들은
여전히 편의점에서 인스턴트 맛을 즐기고
있었다.

할머니는 곧은 자세로 천천히 앞서 걸었다. 병원이 있는 건물 안으로 들어가 세 층을 올랐다. 할머니는 간호사에게 이름을 말했다. 할머니의 존재를 확인한 간호사는 자리에 앉아서 기다려달라고 했다. 10여 분이 지난 뒤 할머니 차례가 되었다.

할머니는 의사 앞에 있는 의자에 앉았고 나는 할머니 뒤에 섰다. 의사는 컴퓨터 화면의 차트와 할머니 얼굴을 번갈아 보았다. 의사의 표정은 굳어 있었다.

"손녀딸이에요. 내 상황이 어떤지 말해주세요."

의사는 망설이면서 입을 열지 않았다. 마침내 결심이 선 듯 내게 시선을 돌렸다.

"서울 큰 병원에 가보시라고 소견서를 써드렸는데."

"소견서요?"

되묻는 내게 의사는 정확한 발음으로

그동안의 일들을 이야기했다. 할머니는 지난 5월 보건소 건강검진에서 이상 세포가 발견되어 이 병원에서 정밀 검사를 받았다. 그리고 이어진 의사의 이야기를 한 문장으로 정리하면…… 할머니는 암 환자였고 시한부였다. 그 당시 의학적인 소견으로 길어야 3개월이라고 했다. 그렇다면 이제 두 달여가 남은 셈이다. 납득이 되지 않았다. 살날이 두 달도 채 안 남았다고 하기에는 할머니는 너무 곧았다. 할머니는 자리에서 일어나 내 손을 잡고는 그만 가자고 말했다.

30여 분을 기다린 뒤 할머니와 나는 버스에 올라탔다. 빠르게 지나는 풍경으로 눈을 돌렸다. 시한부인 할머니에 대해 생각하는 동안 눈시울이 젖어들어 창문 쪽으로 고개를 돌렸다. 할머니의 세계와 나의 세계의 경계는 뭉개지고 흐려졌다.

할머니와 나는 버스에서 내린 뒤 말없이
걸었다. 한낮, 뜨거운 더위에도 할머니는 지친
기색 없이 집을 향해 걸어갔다. 남색 대문 앞에
이르러서야 나를 돌아보았다. 할머니의 눈빛은
단단하고 야무졌다.

"진이야."

날 부르는 할머니의 음성은 부드러웠다.

"네. 할머니."

"어릴 적 숲에서 길을 잃었을 때를
기억하니?"

할머니가 사랑하는 오묘한 형상의 나무와
그늘진 세상의 서늘한 공기, 어둠 속에서
할머니 등에 업혀 되돌아 나왔던 그 길을
떠올렸다. 할머니는 내 손을 살포시 잡고는
숲을 향해 걸었다.

그곳에 나무가 있었다. 인간의 형상을
한 나무가. 긴 시간이 지난 만큼, 나무는

우람해지고 풍성해졌다. 고개를 들고 나무를
쳐다보았다. 초록색 이파리 틈틈이 대추보다
작은 빨간 열매가 매달려 있었다. 할머니는
열매를 따서 입 안에 넣었다. 입을 오물거리며
오랫동안 열매를 씹고 삼켰다.

"달아."

할머니는 나무의 거친 윤곽을 쓸어내렸다.
그 손길에서 정성과 애잔함이 느껴졌다.
할머니는 윗옷을 벗었다. 살갗이 드러났다.
초록색으로 변해 있는 피부가 내 눈앞에
나타났다. 놀란 나는 뒤로 물러섰다. 돌연변이,
그 단어를 떠올리며.

"그날 의사가 써준 소견서를 들고 숲으로
왔어. 이 나무 그늘로. 오랜 시간 나무에
기대앉아 있었어. 이제 때가 된 것이라고
생각하며. 이 나무는 3월에 꽃을 피우고 4월에
잎이 자라지. 5월이 되면 꽃이 진 자리에
열매가 맺히고 여름에는 무르익어. 매일

열매를 먹었어. 물이 많고 달콤한 열매를. 열매 안의 씨앗 속에는 식물의 모든 것이 담겨 있지. 씨앗이 내 자궁에 착상하기를, 싹이 움트기를 바랐어. 그리고…… 지금은 씨앗이 뿌리를 내리고 싹을 틔우고 자라는 중이야. 그래서 관절이 굳어가고 움직임이 느려지고 피부가 초록색으로 변한 거야. 손톱 끝과 발톱 끝이 갈라지고 그 안에서 줄기와 뿌리가 돋아날 거야. 물과 빛만으로도 충분한 식물의 시간을 살아갈 수 있을 거야. 하지만 네 엄마 미숙이를 생각하면 마음이 아파. 진이야, 날 찍어줄래? 나무가 되어가는 나를. 언젠가 미숙이가 볼 수 있도록."

"이해할 수 없어요. 납득할 수 없어요."

할머니는 천천히 다가와 내 손을 잡았다. 거친 손의 감촉에 놀란 나는 할머니 손을 뿌리쳤다. 그대로 숲을 내달렸다. 뭉개진 초록색이 빠르게 뒤로 물러났다. 다행히 길을

잃지 않고 남색 대문 앞에 이르렀다. 집 안으로
뛰어들어 내 방으로 들어왔다. 온몸이 땀과
풀 냄새로 진득거렸다. 나는 구석에 웅크리고
앉아 울었다.

얼마나 시간이 지났을까. 등이 따뜻했다.
빛이 방으로 들어와 내 몸과 바닥을 데우고
있었다. 집 안은 고요했다.

'할머니는 여전히 숲에 머물러 있는 걸까.'
마루로 나왔다. 숲에서 이는 바람이
이곳까지 불어왔다. 불안과 두려움으로
뜨거워진 마음을 식혀주는 바람이었다. 숲속에
홀로 남은 할머니가 걱정되어 이대로 있을 수
없었다. 대문을 밀고 밖으로 나와 할머니가
있는 숲으로 들어갔다.

숲에는 어스름이 내려 있었다. 할머니는
나무에 기대앉아 있었다. 나는 할머니 앞으로
몸을 수그렸다. 그사이 할머니의 몸과 다리는

갈색으로 변했다. 피부는 거친 표면처럼
두꺼운 각질이 일어나 있었다. 할머니의 눈을
바라보았다. 눈가에 작고 여린 줄기와 연두색
이파리가 돋아나 있었다. 귓구멍과 입가에도
마찬가지였다. 길게 늘어트린 머리카락은
가는 줄기로 변해 있었다. 두려움으로 심장이
내려앉았다.

'우수수, 우수수' 바람이 불어왔다.
할머니는 굳어가는 팔을 천천히 들어 올렸다.
아직, 온기가 남아 있는 손으로 내 머리를
쓰다듬었다.

"시간, 이…… 필요하다는 거…… 알아."
할머니 목소리는 느리고 조용했다.

9

밤이 깊었지만 잠이 오지 않았다. 이유를
알고 싶었다. 할머니가 나무가 되기로 선택한

이유를. 단서를 찾고 싶어 할머니 물건을
살폈다. 장롱을 열었다. 장롱 안은 텅 비어
있었다. 여름옷 한 벌만이 옷걸이에 덩그러니
걸려 있었다. 할머니는 이미, 나무가 될 준비를
하고 있었던 것이다. 옷 아래에 있는 앨범이
눈에 들어왔다. 앨범을 꺼내 펼쳤다. 어릴 때
보았던 누런색 봉투가 끼어 있었다. 봉투는
시간이 지난 만큼 색이 바랬다. 봉투 속에서
사진과 편지를 꺼냈다. 흑백사진 속의 두
소녀는 슬레이트 지붕, 철제 대문 앞에서 손을
잡은 채, 카메라를 응시하고 있었다. 단발머리
두 소녀는 키와 몸집이 비슷했다. 수줍은 듯한
미소가 고왔다. 두 소녀의 얼굴을 번갈아
보았다. 오른쪽에 있는 소녀가 할머니였다.
앳된 얼굴 속에 지금의 얼굴이 엿보였다. 나는
접혀 있는 편지를 펼쳤다. 볼펜으로 꾹꾹
눌러쓴 글자를 읽어나갔다.

옥자에게

조금 전, 통금 시간을 알리는 소리가
들렸어. 방에서 나와 마당 귀퉁이에
앉아서 편지를 쓰고 있어. 미싱 소리가
귓속에서 울려. 오늘도 좁은 다락방에서
열여섯 시간 동안 무릎을 꿇고 앉아서
일을 했어. 시다 일은 여전히 힘들고
고단해. 하지만 너에게 편지를 쓰는 이
시간만큼은 피곤을 잊을 수 있어. 그리고
기쁜 소식이 있어. 지난 3월부터 시장
옥상에 있는 노동 교실에서 공부를
하고 있어. 그곳에 모인 아이들은 나와
비슷한 또래이거나 더 어린 아이들이야.
국민학교만 겨우 나온 내가 공부를 할 수
있다는 게 너무 신기해. 그중에서 가장
좋은 건 8번 시다였던 내가 이 교실에서는
영이라는 이름으로 불리고 있다는 거야.

수업은 8시 30분에 시작해서 10시 30분에 끝나. 하지만 일이 밤늦게 끝나서 모든 수업을 들을 수는 없어. 10분, 20분이라도 수업을 듣기 위해서 교실로 달려가. 그 짧은 시간이 숨을 쉴 수 있게 해줘. 마치, 너와 함께했던 시간처럼. 난 여전히 걸어서 집으로 돌아오고 있어. 밤 11시, 골목에서 널 생각해. 우리는 이 길에서 서로의 이름과 동갑이라는 것을 알게 됐지. 내게 보리 주먹밥을 주던 너의 얼굴을 똑바로 쳐다볼 수도 없었어. 얼마나 떨렸는지 몰라. 주먹밥 맛이 기억나지 않을 만큼. 옆에서 들려오던 너의 숨소리에 귀를 기울일 때면 귓속에서 윙윙대던 미싱 소리는 아득히 멀어지고 고요 속에 있는 것 같았어. 사실, 널 좋아하기 시작한 건 그 이전부터였어. 손을 다쳐서 피가 흐르는 손가락에 내 옷자락을 뜯어 묶어주었을 때보다 더 이전, 네가 처음 공장으로 온 날, 짧은 점심시간에 햇볕 아래 앉아 잠을 청하고 있을 때부터. 그날부터 내 심장은 두근거렸어.

네가 떠난 지 1년이 지났지만 여전히 네 생각을 많이 해. 보고 싶을 때마다 네 이름을 불러보곤 해. '옥자야, 옥자야' 하고. 그리고 네가 좋아하던 그림자 나비를 만들어. 검은 그림자에 내 마음을 싣고 널 향해 날아가는 상상을 하면서. 하루 종일 밭을 매고 숲에 들어가서 글자를 읽는 시간이 가장 행복하다고 했던가. 그 순간만이, 너로서 살아가는 것 같다고 했던가. 나무 그늘 아래에서 이는 바람이 하루의 시름을 모두 날려버린다고 했던가. 지금쯤 숲은 온통 초록색이겠지. 그곳은 평온하고 아름다운 거지? 이제

아프지 않은 거지? 잘 살고 있는 거지?
이 편지도 너만의 비밀의 숲, 가장 풍성한
나무 아래에서 읽어줘. 나무를 보며 나를
생각해줘. 내가 널 위해 드리우고픈
그늘은 그보다 더 넓고 짙다는 걸 잊지
말아줘.
추신: 이제야 사진을 인화했어. 매일 이
사진을 보며 널 생각해.

1975년 봄 영이가

사진으로 눈길을 돌렸다. 할머니와
손을 잡고 있는 단발머리 소녀의 얼굴을
내려다보았다.
"영이……."
이 소녀가 영이 할머니였다. 할머니를
좋아한 영이 할머니. 곧 두 번째 편지를
읽어나갔다.

옥자에게

옥자야, 오랜만이야. 잘 지내고 있니?
왜 편지를 하지 않는 거니? 네게서
소식이 없어 겁이 나. 네가 서울로
돌아오길 기다렸지만 지금은 어디에 있든
건강하기만을 바라고 있어. 편지를 쓸 수
없을 만큼 많이 아픈 건지 너무 걱정이
돼. 편지가 반송되지 않는다는 건 네가
편지를 받았다는 뜻일 테니까.
나는 잘 지내고 있어. 지난해 겨울에는
노동시간 단축 농성을 했어. 그동안
근로기준법이 있는데도 장시간 일을
해왔다는 걸 알았어. 저녁에 일이 끝나지
않아 마음 놓고 공부를 할 수 없기
때문에 농성을 한 거야. 새벽에 달을
보고 나와 간신히 통행금지 시간 직전에
집에 도착해. 마치 기계처럼, 쉬지 않고

일을 한 거지. 인간답게 살기 위해서
힘을 모았어. 어머니가 걱정하실까 봐
비밀로 했는데 서울에 올라오시면서 알게
되셨어. 오빠가 찾아와서 농성도 공부도
그만두라고 했지만 난 그럴 수 없었어.
처음으로 오빠에게 대들었어. 오빠는 아빠
같은 존재라 어려웠는데 내 뜻을 지키는
것이 더 가치 있는 일이라 생각했어.
그리고 긴 시간 노력한 끝에 공장 퇴직금
투쟁과 노동시간 단축 농성이 성공적으로
이루어졌어. 가슴이 벅차올랐어. 처음으로
내가 자랑스러웠고 나 스스로를 사랑할
수 있게 됐어. 그리고 너로서 존재하는
그 숲을 떠올렸어. 나도 언젠가 그 숲에
꼭 가고 싶어. 네가 느낀 감정을 나도
느껴보고 싶어.
옥자야, 여전히 너를 많이 생각해.
그때마다 너와 함께 찍은 사진을

보면서 그리움을 달래고 있어. 매일 밤
나비 그림자를 만들어 밤하늘에 날려
보내고 있어. 너에게 이르길 바라면서.
우리 언젠가는 만날 수 있겠지? 그날을
간절하게 기다리고 있어.

1976년 7월 영이가

어린 시절 숲에서 길을 잃었을 때가
떠올랐다. 바람 속에 숨어 있던 목소리.
'나에게 오렴. 나의 그늘 속으로.' 그날
할머니에게 물었다. 할머니는 왜 숲에서 길을
잃지 않느냐고. 할머니는 매일 숲에 가기
때문이라고 했고 나무를 사랑하기 때문이라고
했다. 그렇다면 할머니가 사랑한 나무는…….
나는 할머니 이야기가 듣고 싶었다.

10

물과 카메라 가방을 챙겨 숲으로 향했다.
할머니는 여전히 나무에 기댄 채였다. 하룻밤
사이, 할머니 오른쪽 눈동자에 돋아난 작은
싹이 자라 있었다. 귓가와 콧구멍, 입가에서도
가는 줄기와 연둣빛 이파리가 솟아 나왔다.
머리카락은 단단한 초록색 줄기가 되어
있었다. 할머니 숨결에 귀를 기울였다.
숨소리가 작아졌다. 잎이 무성해질수록
할머니는 폐가 아닌 잎으로 숨을 쉴 것이다.
할머니의 손끝과 발끝을 살폈다. 손톱
사이에서는 가는 줄기가, 발톱 틈에서는
잔뿌리가 자라나고 있었다. 가져온 물로
할머니의 양쪽 다리를 적셔주었다. 할머니가
낯설었다. 낯선 할머니가 나를 보고 있었다.

조심스레 할머니 곁에 앉았다.

"편지를 읽었어요. 영이 할머니라는 분이

할머니에게 보낸 편지요."

할머니는 잎이 나지 않은 왼쪽 눈꺼풀을
천천히 깜박였다.

"할머니가 사랑한 나무가 이 나무인가요?"

이번에도 할머니는 왼쪽 눈꺼풀을 감았다
떴다.

"할머니가 나무가 되려는 건 이 나무
때문인가요?"

할머니는 또다시 눈을 깜박였다.

"이 나무가 영이 할머니인가요?"

그 순간 바람이 불어왔다. '우수수, 우수수'
이파리가 흔들렸다. 바람 속에 숨어 있는
할머니의 음성이 들려왔다. 분명 육성은
아니었지만 내 마음에서는 그렇게 이해가
되었다.

1974년 봄, 열일곱 살이었던 할머니는
돈을 벌기 위해 서울에 올라와 공장에서

시다로 일했다. 공장에서부터 한 시간 떨어진
판잣집에서 자취를 하며. 할머니가 머문 방은
아궁이에 밥을 지어 먹어야 하고 한 사람이
겨우 누울 수 있을 정도로 좁았다. 할머니는
일을 해서 번 돈의 대부분을 고향으로 보냈다.
할머니에게는 남동생이 셋이나 있었고 그들을
공부시키기 위해서였다.

한 달쯤 지나서 할머니는 꾸벅꾸벅
졸다가 바늘에 손가락을 찔렸다. 피가 나는
손을 붙잡고 어찌할 바를 모르고 있는데 8번
시다가 자신의 옷을 찢어 피가 나는 손가락을
지혈해주었다. 할머니는 8번 시다에게
고맙다고 말했고 8번 시다는 말없이 제자리로
돌아가 바느질을 했다.

밤 11시, 일을 끝내고 집으로 향했다.
통금이 12시였기에 서둘러야 했다. 할머니의
잰걸음을 멈춰 세운 것은 바닥에 드리워진
그림자였다. 날개를 팔랑거리는 그림자

나비. 할머니는 검은 날개에서 눈을 떼지
못했다. 나비의 날개는 담벼락을 타고 올라,
까만 하늘에서 바람과 함께 사라져버렸다.
할머니는 오랜만에 밤하늘의 별을 보았다.
고향 숲속에서 본 별을 떠올렸고 숲에서
날아오르는 나비를 상상했다.

　　할머니는 나비가 날아든 곳을 찾았다.
담벼락 아래에 한 소녀가 웅크리고 앉아
있었다. 낯이 익었다. 자세히 보니 8번
시다였다. 할머니는 8번 시다에게 왜
여기 있느냐고 물었다. 그녀는 하루 종일
배를 곯은 채 일을 해서 기운이 없어 쉬는
것이라고 말했다. 할머니는 들고 있던
보자기를 풀었다. 저녁으로 먹기 위해 남긴
보리 주먹밥 반 덩어리를 8번 시다에게 주며
"먹을래?"라고 물었다. 8번 시다는 사양하지
않았다. 할머니는 그녀 곁에 앉아 주먹밥을
건네주었다.

"네가 만든 나비, 정말 예뻤어."

"심심할 때 하는 놀이야."

8번 시다는 고개를 들지 못한 채 말했다.

"고향에, 내가 자주 가는 숲이 있거든.
그곳에 날아들던 나비를 상상했어."

"그래?"

"고마워. 공장에서도 여기서도."

할머니는 옷자락이 묶여 있는 손가락을
8번 시다에게 보여주었다.

"주먹밥, 나도 고마워."

그날, 5번 시다였던 할머니와 8번 시다는
옥자와 영이라는 서로의 이름과 동갑내기라는
것을 알았다.

영이 할머니 역시 한 평도 되지 않는
방에서 자취를 하고 있었다. 공부하는
오빠들을 위해 번 돈 대부분을 고향으로
보냈다.

그날 이후 할머니와 영이 할머니는 매일

함께 집으로 돌아왔다. 공장에서는 서로 아는 척을 하지 않았다. 집으로 돌아오는 그 길만이 함께할 수 있는 둘만의 시간이었다. 심심함과 허기를 달래기 위해 그림자를 만들었다. 서로의 눈빛이 닿고 손길이 스쳤다. 그 순간마다 할머니의 가슴은 두근거렸다. 낯선 감정에 사로잡혔다. 고향에 있는 할머니만의 숲에 들어섰을 때처럼 설레었다.

어느 순간, 할머니와 영이 할머니는 손을 잡았다. 영이 할머니 손은 단단했다. 할머니보다 시다 일을 1년 먼저 해왔던 터였다. 특히 오른손, 가위에 닿는 부분에 굳은살이 박여 있었다. 할머니는 그 단단한 손가락에 바람을 호호 불어주며 할머니만의 비밀의 숲에 대해 털어놓았다. 그곳에서 매일 책을 읽으며 스스로 글자를 익혔노라고. 그 시간만큼은 온전히, 할머니에게 집중할 수 있었고 살아 있음을 느낄 수 있었다고.

영이 할머니를 향한 할머니의 마음은
점점 커져만 갔다. 할머니는 그 마음을 영이
할머니에게 들키지 않기 위해 무던히도 애를
써야 했다.

더워지기 시작하면서 할머니는 잦은
기침을 했다. 환기가 되지 않는 다락방에서
일을 하다 보니 그런 것이라고 대수롭지
않게 넘겼다. 심해지는 기침에 병원을 찾은
할머니는 더위가 누그러질 무렵 결핵 판정을
받았다. 요양을 위해 고향으로 내려가야만
했다. 할머니를 슬프게 한 것은 상한 몸보다
영이 할머니와 헤어져야 하는 현실이었다.
할머니는 고향에 가야 하는 이유를 영이
할머니에게 털어놓았다. 다음 날 영이
할머니는 재단사에게 사정해 카메라를
빌렸다. 할머니와의 사진을 부탁했다. 영이
할머니는 언제가 될지 모르지만 인화를 하게
되면 할머니에게 사진을 보내주겠다고 했다.

할머니와 영이 할머니는 서로의 집 주소를
주고받았다. 할머니는 몸이 회복되면 다시
서울에 올라온다고 영이 할머니에게 약속했다.

　　고향으로 내려가는 날, 할머니는 짐을
싸서 밖으로 나왔다. 대문 앞에 영이 할머니가
기다리고 있었다. 할머니는 놀랐다. 공장에
있어야 할 영이가 이곳에 있어서.

　　"널 기다렸어. 네게 전하고픈 말이 있어서."
　　영이 할머니의 두 눈에 물기가 어려
반짝였다. 할머니는 그 눈빛에서 영이
할머니의 마음을 느꼈다. 할머니는 영이
할머니의 손을 잡고 영이 할머니 손등에 입을
맞추었다. 영이 할머니도 할머니의 손등에
입을 맞추었다. 그날 서로의 마음을 알게 된
할머니와 영이 할머니는 마주 서서, 눈물을
흘렸다. 기쁨과 슬픔이 어룽진 눈물을.

　　고향으로 내려온 할머니는 시간이 날
때마다 숲으로 향했다. 그곳에서 맑은 공기를

마시며, 몸과 마음을 달랬다. 영이 할머니를
그리워하는 마음을 숲의 세상에 털어놓고
돌아왔다. 밤이 되면 촛불을 켜고 그림자
나비를 만들어 영이 할머니를 향해 밤하늘에
날려 보냈다.

오래전부터 할머니에게 연정을 품은 마을
청년이 있었다. 청년은 할머니의 부모님에게
할머니 남동생들의 학비를 책임져 주겠다는
뜻을 전했다. 부모님은 폐병에 걸린 딸이
시집을 가지 못할까 봐 걱정이 앞섰다.
부모님은 할머니를 설득했다. 할머니는 어찌할
수 없는 감정에 휘말렸다. 세상에 자신을
드러낼 수 없다는 것은 고통이었다. 장녀로서
집안을 이끌어야 하는데, 몸이 성치 않은 것이
부모님과 동생들에게 한없이 미안하기만 했다.
할머니는 책임을 다하기 위해 할아버지인 그
청년과 결혼을 했다.

첫날밤, 할머니는 몸과 마음이 부서지는
고통에 사로잡혔다. 할아버지의 손길과
몸의 언어가 폭력으로 느껴졌고 할머니는
몸이 찢어지는 아픔의 시간을 견뎌야 했다.
할머니는 매 순간 영이 할머니의 얼굴과
손길을 떠올렸다.

이듬해 봄, 영이 할머니로부터 편지가
도착했다. 할머니와 함께 찍은 사진이 있었다.
영이 할머니의 수줍은 마음이 고스란히
새겨진 편지를 품에 안고 숲을 향해 달렸다.
우람한 나무 아래에서 편지를 읽고 또 읽었다.
매일 밤, 촛불을 켜고 그림자 나비를 만들어
밤하늘에 날려 보냈다.

바람이 잦아들었다. 숲이 조용해지면서
할머니의 이야기도 멈추었다. 여름의 풀벌레
소리와 새들의 소리가 귓가에 들려왔다.
어딘가에서 나비가 날아들었다. 팔랑팔랑,

날갯짓을 하는 두 마리의 나비가. 나비는 영이
할머니 나무와 할머니 나무 주위를 춤추듯
날아올랐다. 나는 나비의 날갯짓을 응시하다
가방에서 카메라를 꺼냈다. 이 순간, 이
움직임을 카메라에 담기 위해서.

11

다음 날 아침, 눈을 뜨자마자 배가 고팠다.
할머니의 텃밭에서 상추와 고추를 뜯어 물로
씻었다. 냉장고를 열었다. 꽉 차 있는 반찬 통을
눈으로 훑었다. 할머니는 물만 마셨다. 이 모든
것은 나를 위해 할머니가 준비한 것임을 이제야
알았다. 할머니의 반찬으로 차린 상을 들고
마루로 나와 앉았다. 밥과 김치와 나물, 고추와
상추를 꼭꼭 씹어 삼켰다. 할머니의 손길과
마음을 음미하며 생각했다. 영이 할머니 나무가
이 숲에서 자란다는 것은 이 집에서 지냈다는

뜻일 테다. 그렇다면 영이 할머니의 흔적이
할머니 집에 남아 있을지도 몰랐다.

방으로 들어와 장롱을 열었다. 안쪽까지
꼼꼼히 들여다보았다. 낯선 가방이 있었다.
수가 놓아진 검은색 천 가방이었다. 가방
지퍼를 열자 몇 벌의 옷가지와 봉투가 있었다.
봉투를 열고 안을 살폈다. 할머니가 갖고 있는
것과 같은 사진과 편지가 있었다.

영이에게

영이야. 몸이 좋아지면 서울에 올라간다고
했는데 약속을 지키지 못해 미안해.
사실…… 나는 결혼을 했어. 부모님과
동생들을 위한 어쩔 수 없는 선택이었어.
오랜만에 친정에 갔다가 어머니로부터
편지를 전해 받았어. 너에게 편지를 받고
정말, 많이 기뻤어. 행복했어.

결혼식 전날, 너를 생각하면서 많이 울었어. 이런 마음이 너에게 전해질까 봐 답장을 쓸 수 없었어. 하지만 날 걱정하는 네 마음을 알고, 더 이상 감춰서는 안 되겠다고 생각했어.

어느새 나의 배 속에는 아기가 자라고 있어. 조만간 아기가 태어날 거야. 아이 아빠는 내게 잘해줘. 그렇다고 해서 아이 아빠를 사랑할 수는 없어. 한편으로는 그가 안쓰럽기도 해. 많고 많은 사람 중에 왜 하필 내게 연정을 품게 되었을까. 하지만 몸속에서 자라고 있는 아이에 대한 사랑은 간절해. 좋은 엄마가 되고 싶어. 아이가 자기 인생을 당당하게 살아갈 수 있도록 도와줄 수 있는 엄마. 부당함 앞에서는 용감히 맞서고 온전히 자기 자신을 사랑할 줄 아는 아이가 되었으면 좋겠어. 너처럼.

네가 너 스스로를 사랑할 수 있게 된
것처럼. 너를 향한 나의 마음은 그대로야.
아니, 더 깊어졌다고 할 수 있어. 네가
어디에서 무엇을 하든 너를 응원할
거야. 네가 뜻한 바대로 소명을 다할 수
있도록 빌어줄 거야. 네 편지는 숲속 나무
아래에서 읽었어. 이 글도 그곳에서 쓰고
있어. 이곳까지 걸어오는 내내 발걸음이
가벼웠어. 두 발에 날개가 달린 것처럼.
나비가 된 것처럼. 숲에서만은 오롯이
너를 그리워하고 사랑할 수 있어. 나도
이곳에서 나비를 만들어 날려 보내고
있어. 나의 사랑을 가득 실은 나비가
너에게 날아갈 수 있도록. 내 마음이 네게
닿을 수 있도록.

1976년 7월 10일
널 사랑하는 옥자가

7월 10일. 1976년 7월 30일은 엄마의 생일이다. 할머니는 이 편지를 엄마를 낳기 직전에 쓴 것이다. '부당함 앞에서는 용감히 맞서고 온전히 자기 자신을 사랑할 줄 아는 아이.' 할머니가 품어왔던 오래된 바람, 그 부분을 반복해서 읽었다. 엄마는 할머니의 이런 마음을 알고 있을까.

숨을 고르고 엄마를 생각했다. 나는 어쩌다가 엄마 딸이 되었을까. 엄마는 내가 어떤 사람으로 성장하기를 바랐을까. 휴대폰을 집은 뒤 엄마 번호를 불러들였지만 그 질문은 전하지 못했다. 대신 당분간 할머니 집에 머물 것이라고 문자를 보냈다. 잠시 뒤, 알겠다는 엄마의 문자가 도착했다.

편지를 봉투 속에 넣으려는데, 그 안에 또 다른 종이가 접혀 있는 것이 보였다. 나는 그 종이를 꺼내 펼쳤다.

넌 오늘 완전히 나무가 되었어. 네가 나무가 된 시간에 대해 생각을 해. 어째서 너는 다른 무엇이 아닌 나무가 되었을까.

한 달 전 네가 날 찾아온 그날 그 순간을 잊을 수 없어. 손과 목까지 초록색으로 변해 있었어. 등과 배, 허리 허벅지 발등까지 짙은 갈색으로 바뀌어 있었고. 관절 마디마디가 굳어서 너를 업고 방으로 들어와야 했어. 손등 주름 사이가 움푹 패어 있었어. 손가락 마디가 굳어서 오므리는 것도 힘겨워했지. 마음이 아팠어.

노동 교실이 사라지고, 노동 교실을 지키려 했던 친구들이 경찰에 연행되었다고 했어. 넌, 그들과 함께하지 못한 죄책감과 미안함으로 견딜 수 없었다고 했고. 그곳은 너의 보금자리였고 꿈과 희망이었는데. 네 꿈이 사라진 거야. 좌절감에 오빠가 소개해준 남자와 결혼을 했다고 했어. 결혼을 하고

나서야, 잘못된 선택이라는 걸 알고 되돌리고
싶었다고 했지. '나는 당신을 사랑할 수
없어요. 내겐 사랑하는 사람이 있어요.' 그
사람이 여자라는 걸 알고 남편은 귀신에 씐
거라며 무속인을 찾아가 굿판을 벌였다고
했어. 그래도 소용이 없자 손찌검을……
네가 달려들자 너를 내동댕이치고 발로
밟고. 생각만 해도 끔찍해. 그 시간을 어떻게
견뎠던 거니. 그를 없애지 않으면 네가 죽을
수도 있다고 생각하던 차, 눈에 도자기가
들어왔다고 했어. 그것으로 남편의 머리를
내리쳤지. 도자기는 산산이 부서지고 남편의
머리에서 피가 흘렀다고 했어. 넌 도망쳐
나왔지만 결국 살인미수로 징역을 살게
되었고 형제들은 널 떠났다고 했어. 출소를
한 뒤, 오갈 곳이 없던 너는 미싱사로 취직을
했어. '드르륵드르륵' '드르륵드르륵' 미싱을
돌리다 보면 어느 순간 머리가 멍해지고

영사기에서 필름이 돌아가듯이 시간이 거꾸로 흘렀다고 했지. 감옥에서의 시간이 지나가고 남편을 없애려 했던 그 순간을 맞닥뜨렸지. 네 손을 내려다보며 환멸과 죄책감에 사로잡혔다면서. 미싱을 돌리며 일부러, 바늘로 네 손을 찔렀다 했어. 피를 흘렸다 했어. 결국, 그곳에서 해고되었지.

넌 매일 밤 그림자 나비를 만들었다고 했어. 나풀거리는 날갯짓을 따라 이른 곳은 판잣집이 즐비했던 골목이었어. 허기짐과 피곤으로 지친 몸을 이끌고 올랐던 그 길, 그 길에서 날 만났다고 했지. 나와 함께 만든 고운 그림자, 나비의 날갯짓과 함께 날아올랐던 우리 둘만의 시간으로. 나의 시간, 나의 숲으로. 몸에 연두색 점이 생긴 건 그즈음이라고 했던가. 의사는 병명을 알 수 없다고 했던가.

미숙이 하숙집 근처, 국밥집에서 널

만났을 때, 심장이 멎는 줄 알았어. 그날
이후 소식 없는 널 매일 기다렸어. 기다리다
지쳐, 국밥집에 찾아갔을 때 이미 넌 그곳을
그만두고 사라져버렸지.

언젠가부터 나비 꿈을 꾸었어. 내게로
나비 한 마리가 날아드는 꿈. 내 어깨에 앉아서
살포시 날개를 접는 꿈. 눈을 뜨자마자 네가
떠올랐어. 너 역시 날 그리워하고 있다는 것을
느낄 수 있었어. 왜 그때 날 찾지 않았니?
너 자신에게 느낀 환멸, 부끄러움, 그것
때문이었니? 난 상관하지 않았을 거야. 오히려,
네가 날 찾아왔다면 기뻤을 거야. 행복했을
거야.

신기해. 넌 이미 나무가 되었고 아무 말도
할 수가 없는데도 네 옆에 앉아 있으면 네
이야기를 들을 수 있다는 것이.

이 글을 쓰는 이유는 언젠가 내 기억
속에서 너의 이야기가 사라질까 봐 두렵기

때문이야. 너를 기억하지 못하는 날이 올지도
모르니까. 내일은 널 숲에 심을 거야. 그곳에서
자유롭게 자라, 네가 원하는 만큼 온 세상으로
뻗어나가. 난 네 그늘 아래로 파고들 거야.
안온한 너의 품으로.

　　할머니의 글을 읽고 또 읽었다.
정성스러운 글자들은 초록색 이파리처럼
생생했다. 어느새 나의 마음은 숲으로 향하고
있었다. 할머니들이 있는 숲으로. 카메라를
들고 집을 나섰다.

　　나무가 된 영이 할머니와 나무가 되어가는
할머니를 바라보았다. 인간이라는 종이
식물이라는 종의 세상으로 향하게 만든
외부와 내부의 자극에 대해 생각했다. 사랑,
사랑이었다.
　　할머니가 사랑한 숲에서 자란, 어느

나무의 열매 속 씨앗이 시간과 공간을 거슬러 영이 할머니에게 이르렀던 것일까. 할머니와 함께하고픈 영이 할머니의 간절함이 나무가 되도록 이끌었던 것일까.

영이 할머니의 그늘 아래로 성큼 들어섰다. 바람이 불었다. 잎이 흔들리기 시작했다. 나무의 그늘이 너울너울 춤을 추듯 움직였다. 영이 할머니는 이곳에서 꽃을 피우고 초록으로 몸을 부풀리고 향기를 날리고 열매를 맺고 씨앗을 날리면서 최선을 다해 존재를 드러내고 있었다. 그리고 할머니도 영이 할머니와 함께하기를 선택했다.

카메라 가방을 들고 물러섰다. 삼각대를 꺼내 카메라를 고정시켰다. 뷰파인더를 열었다. 영이 할머니 나무와 할머니에게 초점을 맞추고 온 버튼을 눌렀다.

12

매일 아침, 할머니들의 숲으로 들어가
나무로 변해가는 할머니를 촬영했다. 할머니는
움직이지 않았지만 어느 순간 보면 훌쩍 자라
있었다. 나무의 시간 속으로 들어가 나무의
외피로.

촬영을 마치면 할머니 나무에 기대앉았다.
고요한 시간 속에 나를 놓았다. 움직임이
없는 풍경 속에서 달라지는 빛의 모양과 색과
질감을 온몸으로 받아냈다. 나무가 되어가는
할머니처럼.

영이 할머니가 나무에 닿았던 시간에
대해 생각했다. 할머니가 영이 할머니에게
닿는 시간에 대해서도. 인간에서 식물에까지
이른 시간에 대해. 계산기의 숫자로는 도무지
환산해낼 수 없는 아득한 변화에 대해. 고요함
속에서 치열하게 살아내는 숲의 시간에 대해.

태양이 서쪽으로 기울기 시작하면 카메라를 챙겨 할머니 집으로 돌아왔다. 그때마다 나의 그림자는 남색 대문에 길게 드리워져 있었다. 날카로웠던 뿔과 두꺼웠던 꼬리가 부드러운 형태로 마모되어가고 있다는 것을 알았다. 그림자를 다듬은 건 숲의 냄새, 바람에 깃든 할머니들의 손길, 숨결. 나는 달라지고 있었고 변화하는 그림자를 카메라에 담았다.

밤이 되면 촛불을 켜고 벽에 그림자 나비를 만들었다. 할머니와 영이 할머니가 골목에서 만든 가볍고 자유로운 날갯짓을 떠올리며. 내게서 176킬로미터 떨어져 있는 엄마를 생각했다. 할머니들이 서로의 안위를 빌어주던 것처럼, 서울에서의 엄마의 고단함이 잦아들길 소망했다.

그러자 수면 아래, 깊은 심연에 고여 있는 엄마의 마음이 알고 싶어졌다. 처음으로 엄마

이야기를 듣고 싶다는 간절함이 밀려들었다.

    그런 시간이 매일매일 지속되었고
할머니는 말복이 지나고 완전히 나무가
되었다.

13

    반지하 방으로 돌아와 짐을 풀었다.
할머니들이 주고받은 편지가 들어 있는
가방을 메고 엄마 집을 찾아 나섰다.
    엄마가 사는 곳은 같은 모양의 붉은색
벽돌집이 밀집해 있는 다세대주택이었다. 지도
앱의 종착지인 3층 건물을 올려다보았다. 3층
창문이 열려 있었다. 현관문을 밀고 계단을
올라, 벨을 눌렀다. 인기척이 없었다. 계단을
내려와 현관문 앞에 앉아서 엄마를 기다렸다.
    엄마 집과 나의 집의 직선거리는

6킬로미터. 이곳까지 오는 데 걸린 시간을
계산해보았다. 365일 곱하기 24시간 곱하기
60분 곱하기 12년. 어째서 이토록 오랜 시간이
걸린 걸까.

뚜벅뚜벅 발소리가 들려왔다. 눈길을
내리자 엄마 그림자가 서서히 내 곁으로
다가오고 있었다. 자리에서 일어나자 엄마가
희미한 미소를 짓고 있었다.

엄마는 서둘러 계단을 올랐다. 나는 몇
발자국 떨어져서 엄마를 따랐다. 엄마는 문을
열었다. 세 칸짜리 서랍장과 이불, 행거에 걸린
몇 벌의 옷과 단출한 부엌살림이 엄마 짐의
전부였다. 엄마는 오래전부터 나와 함께할
시간을 준비하고 있었던 걸까.

나를 사로잡은 것은 벽에 붙어 있던
사진들이었다. 젊은 할머니와 젊은 할아버지,
어린 엄마, 세 가족은 웃고 있었다. 밥상
앞에서, 대문 앞에서, 마당에서…… 이곳에는

영이 할머니가 끼어들 틈이 없어 보였다.

다른 사진들로 시선을 옮겼다. 태아 때 사진과 함께 초등학교 때와 중학교 고등학교 교복을 입고 있는 나의 모습이 이곳에 있었다. 운동장에서 걸어 나오는 나, 버스를 기다리는 나, 편의점에서 라면을 먹고 있는 나……. 서울에 온 첫날, 카페에 앉아서 엄마를 기다리던 뒷모습도. 그날 알았다. 엄마는 내 생각보다 가까운 곳에 있었다는 것을.

고소한 커피 냄새가 났다. 싱크대 쪽으로 고개를 돌리자 엄마는 일회용 드립 커피를 내리고 있었다.

"내년에 이 집 계약이 끝나면 같이 살 수 있는 집을 구할 거야."

엄마는 일전에 했던 이야기를 반복했다. 같은 말을 되풀이하는 엄마가 지겨웠다. 하지만 오늘은 다른 의미로 다가왔다. 행여 지키지 못할까 봐 불안해서 스스로에게 건네는 다짐 내지는 약속이 아니었을까.
엄마는 커피를 작은 테이블 위에 놓고는 내게
이쪽으로 오라고 말했다. 엄마와 마주 앉았다.
잔을 들고 커피를 마신 뒤 엄마를 보았다.
엄마도 말간 눈으로 날 보고 있었다.

　조심스럽게 입을 열었다. 나무가 되어버린
할머니에 대해 이야기를 풀어나갔다. 믿지
않을 것이라 생각해 한 마디 한 마디를 건넬
때마다 조심스러웠다. 엄마는 조용하고
담담하게 이야기를 들었다. 엄마는 생각에
잠긴 듯 창밖에 시선을 두었다. 멀리 있는
시간을 이곳으로 가져오려는 듯한 눈빛으로.
그리고 잠시 뒤, 말문을 열었다.

　엄마가 영이 할머니를 만난 건 스무 살이
되고 재수를 위해서 서울에 올라왔을 때였다.
엄마와 할머니는 하숙집에서 짐을 정리하고
점심을 먹기 위해 인근에 있는 재래시장으로

향했다. 골목에 있던 국밥집 안으로 들어갔다.
가게에 들어선 순간, 할머니와 주문을
받는 아주머니는 한참 동안 서로의 얼굴을
바라보았다. 엄마는 주고받는 눈빛에서 묘한
기류를 느꼈다. 할머니는 엄마에게 아주머니를
어렸을 때 친구라고 소개했다. 엄마는 깍듯이
인사를 했다.

아주머니는 등이 굽어 있었고 다리를
절뚝였으며 몸짓이 느렸다. 엄마는 아주머니의
존재가 왠지 모르게 불안했다. 아주머니가
국밥과 반찬을 테이블에 내려놓는 동안
손등을 덮고 있던 옷이 팔목까지 말려
올라갔다. 엄마는 아주머니의 초록빛 팔등을
보았다. 그 순간 할머니는 아주머니의 손을
잡고 밖으로 나갔다. 잠시 뒤 엄마도 숟가락을
내려놓고 할머니를 찾아 나섰다. 할머니와
아주머니가 좁은 골목 귀퉁이에서 서로
안고 있었다. 아주머니의 어깨를 어루만지는

할머니의 손길에서 그리움과 애틋함을 느낀
엄마는 서둘러 할머니를 불렀다.

식사를 마친 뒤, 할머니는 아주머니에게
휴대폰 번호와 집 주소를 알려주었다. 절대
잊어버리지 말라고, 언제든 편하게 연락하라고
말했다. 그리고 기다렸다. 아주머니가 본인의
연락처를 알려줄 때까지. 하지만 아주머니는
잠자코 있었다. 엄마는 할머니에게 얼른
가자고 말했고 둘은 밖으로 나왔다. 돌아가는
내내 말이 없던 할머니는 갑자기 멈춰 서더니
몸을 돌려, 아주머니가 있는 가게를 한참 동안
바라보았다. 엄마는 그때 알았다. 할머니가
떠나고 싶어 했던 곳이 어디인지.

"매일 영이 아주머니가 있는 국밥집에
갔어. 영이 아주머니는 잘 대해주었어. 한 달쯤
지났을까. 난 아주머니에게 우리 가족을 위해
떠나달라고 부탁했어."

엄마는 숨을 고른 뒤 말을 이어나갔다.

"스물한 살 봄에 아빠가 위암으로
돌아가셨어. 연이어 대학에 떨어지면서
세상 구석으로 몰린 것 같아 불안했어.
너무 힘들었어. 서울에서는 아무것도 할
수가 없었어. 기댈 곳이 필요했고 엄마가
보고 싶어서 집에 내려갔어. 마을 사람들을
만났어. 날 보는 눈빛이 이상했어. 그들은
엄마가 집에 들인 여자에 대해 수군거리고
있었어. 당장 집으로 달려갔지. 담벼락 너머로
흘러나오는 엄마 웃음소리를 들었어. 아빠랑
함께 있을 때는 한 번도 들어본 적 없는
해맑은 웃음소리를. 엄마는 지금, 행복하구나.
아빠와 난 엄마에게 고통이었구나. 눈물이
났어. 서울로 올라가는 차 안에서도 눈물이
멈추지 않았어. 나중에 알았어. 삼촌들이
찾아와 아주머니를 내보내라고 했지만 엄마는
꿈쩍하지 않았다는 걸. 엄마가 아빠와 살던
집을 팔고 폐가였던 지금 집을 샀다는 걸. 그

집을 고치고 아주머니랑 살고 있다는 걸. 그때 결심했어. 엄마를 떠나기로."

　이후 엄마는 삼수를 하던 학원에서 나의 생물학적인 아빠를 만났고 아빠가 살던 자취방에서 함께 지냈다. 3개월 뒤, 엄마 배 속에 내가 생긴 것을 알고는 몹시 겁이 났다고 했다. 생물학적 아빠는 나를 지우기를 원했다. 엄마와 아빠는 함께 병원에 갔다. 나의 심장 소리를 들은 엄마가 수술을 거부하자 아빠는 자취방의 짐을 빼고 사라져버렸다.

　엄마는 배 속에 나를 품고서 고시원으로 들어갔다. 나를 통해 세상에서 혼자가 아님을 느꼈다고 했다. 씨앗처럼 작은 나는 엄마의 외로움을 달래주는 존재였다고. 어린 엄마는 나를 의지하고 살았다고 했다. 그런데도 지치고 외롭고 벗어나고 싶었다고 했다. 그래서 내게 미안했다고 했다.

　엄마는 몸을 돌렸다. 내게 등을 보인 채로

눈물을 흘렸다. 흔들리는 엄마의 몸을 보며
엄마가 할머니를 영원히 떠나지 않았다는
것을 알았다. 엄마가 간직하고 있던 사진에,
나를 할머니에게 보낸 결정에, 지금 흘리는
눈물에 엄마의 진심이 담겨 있었다.

　　엄마에게 물었다. 엄마는 내가 어떤
아이로 성장하기를 바랐는지. 엄마는 조용한
눈길로 나를 응시했다.

　　"너 스스로를 믿고 사랑할 줄 아는 아이.
엄마는 그러지 못했거든."

　　가방에서 할머니와 영이 할머니가
주고받은 편지를 꺼내 엄마에게 건넸다.
엄마는 찬찬히 글을 읽어 내려갔다.
신기하게도 내 앞에 앉아 있는 엄마의
얼굴에는 주름도 기미도 보이지 않았다. 내
또래의 얼굴을 하고 있었다. 세상을 알아가기
시작한 스무 살 아이의 얼굴이었다.

　　"엄마에게 보여줄 영상이 있어요. 그건 꼭

할머니 집에서 봐야 해요. 같이 가서 봤으면 좋겠어요."

엄마는 내 얼굴을 가만히 들여다보았다.

"처음이야."

"뭐가요?"

내가 되물었다.

"네가 날 찾은 거. 날 원한 거. 그래서 요 며칠 나비 꿈을 꿨나 봐."

14

할머니 집에 도착했을 때는 뉘엿뉘엿 해가 지고 있었다. 엄마와 나는 남색 대문을 열고 마당으로 들어섰다. 마루의 미닫이문에 걸려 있는 자물쇠 번호를 돌렸다. 열쇠를 풀고 문을 열었다. 신발을 벗고 마루에 올라섰다.

할머니 방문을 열었다. 오동나무로 만든 선명한 무늬의 장롱과 앉은뱅이책상…… 모든

게 제자리에 있었다. 방으로 들어가 책상 위에 노트북과 휴대용 빔프로젝터를 올려놓고 연결했다. 엄마는 벽에 기대앉았다. 노트북을 켜고 '나무의 그늘'을 클릭했다.

한쪽 벽에 여름 한낮, 숲속의 풍경이 펼쳐졌다. 풀벌레와 새소리, 바람 소리가 방에 가득했다. 할머니는 영이 할머니 나무 그늘 아래 앉아 있었다.

다음 장면부터는 할머니의 그림자로 이어졌다. 사람 형태의 그림자의 경계가 서서히 뭉개지고 나무의 형태로 바뀌어갔다. 팔과 다리는 굵은 나뭇가지로, 손가락과 발가락, 머리카락은 가는 줄기로.

할머니의 입과 코와 귀, 눈에서 연한 싹이 돋아났다. 손가락은 점점 길어져 나뭇가지로 변해갔다. 양쪽 발가락에서는 뿌리가 나와 땅속으로 파고들었다. 할머니의 눈과 코와 입과 귀, 몸의 모든 구멍은 연둣빛의 이파리로

뒤덮였고 점점 짙은 초록색으로 바뀌었다.
어느 순간 영이 할머니와 할머니는 하나의
몸이 되었다. 서로에게 못다 했던 시간을
나누려는 듯이. 연리지, 사람들은 이러한
형태의 나무를 연리지라고 불렀다.

엄마는 조용했다. 또렷한 눈빛으로
할머니를 보고 있었다. 할머니의 숨결을
찾았던 날들처럼 엄마의 숨결에 귀를
기울였다. 빠르게 뛰는 맥박처럼 숨이 가빴다.

나는 머지않은 미래의 시간을 현재로
끌어왔다. 가을이 오면 할머니들의 이파리의
색이 바래며 떨어져 내릴 것이다. 그 시절
숲에서는 수분이 소멸되는 냄새가 날 테고
나무를 태울 때의 향기가 진동할 것이다.
겨울이 되면 앙상하지만 흰 눈에 덮인 나무를
볼 수 있을 것이다. 봄이 되면 꽃이 피고
연둣빛 곱고 여린 이파리들이 몸 곳곳에
매달릴 것이다. 초록으로 몸이 풍성해지고

짙은 그늘을 만들 것이다. 여름이 오면 붉고
윤기 흐르는 열매를 맺을 것이다.

　　사계절이 지나는 서울의 시간을
짐작해보았다. 강한 빛과 건조한 바람이
느껴졌다. 그 공간에서 부딪히고 넘어지고
상처 입고, 일어설 엄마와 나의 날들도.
그때마다 할머니들의 그늘로 찾아와 불어오는
바람을 맞으며 화상 입은 마음을 식힐지도
모른다.

　　엄마는 영상에 시선을 고정한 채
눈물을 흘렸다. 엄마를 위로하고 싶었다.
양쪽 손바닥을 펼쳐 엄지손가락 두 개를
가위 모양으로 엇갈렸다. 손가락 여덟 개의
관절을 부드럽게 움직이자 천장에 검은
날개의 나비가 날아들었다. 엄마는 눈물을
멈추고 나비를 바라보더니 나를 따라 손을
움직였다. 날개를 팔랑이던 검은 나비 두
마리는 벽을 타고 날아올랐다. 일어나 창문을

열었다. 나비는 창밖으로 빠져나가 밤하늘로
날아올랐다. 할머니들의 나무가 있는 숲을
향해. 엄마와 나는 그 나비를 따라, 길을
나섰다.

작가의 말

　지난해 여름이 시작될 무렵, 죽음을 앞둔
노인이 식물이 되기를 선택하는 이야기를
쓰고 싶었다. 얼마 뒤 다큐멘터리 〈미싱
타는 여자들〉(이숙희·신순애·임미경 출연,
이혁래·김정영 감독, 2020)을 보며 흑백사진
속의 소녀들을 만났다. '소녀들은 지금 어디서
무엇을 하며 살고 있을까.' 궁금증과 함께
익명의 소녀들을 사진으로 담았고 틈나는
대로 그녀들을 마주했다.
　슬레이트 지붕과 철제 대문 앞에서
팔짱을 끼고 사진을 찍은 세 소녀가 유독 눈에

들어왔다. 단발머리의 두 소녀를 보며 어두운
골목, 숲과 나무, 영이 할머니와 옥자 할머니를
상상했다.

그 당시 나는, '가족' '화해'라는 단어에
몰두하고 있었고 서울에서 181킬로미터
떨어진 곳에서 살고 있는 한 소년을, 그가 만든
8분 길이의 영상 속에서 만났다. 어두운 밤,
아스팔트에 길게 드리워진 소년의 그림자를
응시하며 진이를 떠올렸다.

이 이야기는 지난해 초여름부터
가을까지의 시간이 내게 선사한 것이란
생각이 든다. 그 시절을 함께했던 분들과
위즈덤하우스 출판사, 스토리 독자 팀에게도
감사함을 전하고 싶다.

2023년 여름
최양선

wefic - 24

그림자 나비

초판 1쇄 인쇄 2023년 7월 21일
초판 1쇄 발행 2023년 8월 9일

지은이 최양선
펴낸이 이승현

출판2 본부장 박태근
스토리 독자 팀장 김소연
편집 강소영 곽선희 김해지 이은정 조은혜
디자인 이세호

펴낸곳 ㈜위즈덤하우스 **출판등록** 2000년 5월 23일 제13-1071호
주소 서울특별시 마포구 양화로 19 합정오피스빌딩 17층
전화 02) 2179-5600 **홈페이지** www.wisdomhouse.co.kr

ISBN 979-11-6812-724-1 04810
        979-11-6812-700-5 (세트)

값 13,000원

한 조각의 문학, 위픽 (wefic)

구병모 《파쇄》
이희주 《마유미》
윤자영 《할매 떡볶이 레시피》
박소연 《북적대지만 은밀하게》
김기창 《크리스마스이브의 방문객》
이종산 《블루마블》
곽재식 《우주 대전의 끝》
김동식 《백 명 버튼》
배예람 《물 밑에 계시리라》
이소호 《나의 미치광이 이웃》
오한기 《나의 즐거운 육아 일기》
조예은 《만조를 기다리며》
도진기 《애니》
박솔뫼 《극동의 여자 친구들》
정혜윤 《마음 편해지고 싶은 사람들을 위한 워크숍》
황모과 《10초는 영원히》
김희선 《삼척, 불멸》
최정화 《봇로스 리포트》
정해연 《모델》
정이담 《환생꽃》
문지혁 《크리스마스 캐러셀》
김목인 《마르셀 아코디언 클럽》
전건우 《앙심》
최양선 《그림자 나비》
이하진 《확률의 무덤》